梦生诗集

朱梦生　著

守正容新并举，
格律白话共存。

长江出版社
CHANGJIANG PRESS

图书在版编目（CIP）数据

梦生诗集 / 朱梦生著. —武汉 ： 长江出版社，2023.8
ISBN 978-7-5492-9094-9

Ⅰ．①梦… Ⅱ．①朱… Ⅲ．①诗词－作品集－中国－
当代 Ⅳ．① I227

中国国家版本馆 CIP 数据核字 (2023) 第 155606 号

梦生诗集
MENGSHENGSHIJI

朱梦生 著

责任编辑： 王振
装帧设计： 彭微
出版发行： 长江出版社
地　　址： 武汉市汉口解放大道 1863 号
邮　　编： 430010
网　　址： http://www.cjpress.cn
电　　话： 027-82926557（总编室）
　　　　　　 027-82926806（市场营销部）
经　　销： 各地新华书店
印　　刷： 河北省三河市中晟雅豪印务有限公司
规　　格： 700mm×1000mm
开　　本： 16
印　　张： 11
彩　　页： 12
字　　数： 130 千字
版　　次： 2023 年 8 月第 1 版
印　　次： 2023 年 10 月第 1 次
书　　号： ISBN 978-7-5492-9094-9
定　　价： 68.00 元

梦 生

　　原名朱梦生。学生时代就读于
武汉机械工业学校（现武汉船舶工
业学院）、上海交通大学。毕业后
在造船、电线电缆、机械等行业工
作。获得经济师、工程师、高级政
工师、高级经济师职称。现为湖北
省中华诗词学会会员、武汉诗词楹
联学会会员、新天下诗坛顾问。

▲ 作者大学时期

▲ 作者工作照

▲ 作者与夫人李素珍

▲作者孙女朱瑞雨在武大读书时期

▲作者夫妇与孙女朱瑞雨

▲朱瑞雨获卡耐基梅隆大学
卡塔尔分校全额奖学金

▲朱瑞雨在卡塔尔留影

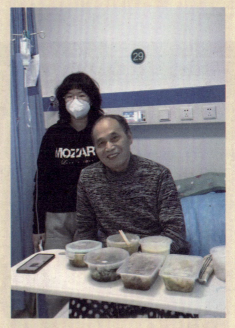

▲作者新冠肺炎住院期间孙女朱瑞雨
专程从国外赶回护理

▲作者全家

▲作者与儿子朱宁峰

▶ 作者与侄儿全家

▲ 作者与侄儿朱麟杰

▲ 作者与侄重孙留影

▲作者与作家、诗人刘邦民留影

▲作者与诗友向新民留影

▲ 作者与本书策划人陈景丽留影

▲ 作者与诗友余焕志留影

▲ 作者行旅全国各地留影

序　言

一次，我的同学焕志在微信上发来他的朋友梦生的几首古典诗，要我读后谈谈看法，于是我就认真阅读起来。读后，那些诗中美丽的意象，那些实的动作和虚的想象，所编织出的诗的彩锦，作者宣泄的情绪、表达的情感、多幅意象酿造的意境，令我久久不能释怀。于是我连夜拿起笔，写下了《指尖色彩赋青春——梦生诗词作品欣赏》的诗评。

"看法"转交到了梦生先生手上后，梦生非常认可我的诗评，他认为说到"点子上"了，一来二去，说诗论文，饮酒畅谈，我们便通过诗歌这座桥梁成为文友。

经过多年努力，近日，梦生先生的《梦生诗集》一书即将出版，他热情邀请我为本书作序，我欣然应允。

《梦生诗集》分为四部分：守正容新论文、守正格律诗词、容新白话诗词、诗词评论。

前三部分都是作者几十年各阶段不同时期写下的诗词作品，后一部分诗词评论，既有作者和朋友共同写作的诗评，也有朋友为他的诗词写下的诗评。这些诗评，均在不同的报纸杂志上发表过，受到了诗友们的好评。

梦生先生的守正格律诗词，造诣颇深。他创作的古典格律诗词，题材广泛，意象丰富，个性独特，细节描写微妙且充满情趣，咏读其诗词，真可印证了：万物皆可入诗词。

梦生先生创作的容新白话诗词，是按照格律诗词的格式，但不受其平仄、对仗、韵角等相关规律的限制，而用白话文语体表达出来的诗词。它，既不是严格的格律诗词，又不同于完全放开的现代诗词，是一种半格半白的实验式写作探索诗词。容新白话实验诗词，呈现的是一种浓浓的故乡情结、地域文化和充满惬意的儿时梦幻。由于不受格律的限制，故而，无论诗，还是词，他都写得挥洒自如、倜傥潇洒，不失情怀与梦想。

文以言志，文以载道。活泼于梦生先生笔下的诗词，状物见物，体物入理；咏怀抒志，寓善归真；寄情山水，想象美丽；情感真挚，意境幽美。无论是对亲朋好友的兰心蕙质，还是旅途他地的秋夜思乡；无论是漫步人生路上的洪波微澜，还是曲径通幽时的感悟发现；无论是穿梭于武汉三镇的忙忙碌碌，还是兴致盎然天南海北的洒脱悦游，都在娓娓诉说人世间的款款深情厚谊，都在自然风景处散发着浓浓情怀诗香。

梦生先生的诗词评论，除《古律新韵均成诗——"守正容新"白话格律诗词探讨》是梦生先生和我共同写作的，还有一篇是诗友向新民写的外，其余都是我写的。每一篇诗歌评论，我都是有感而发，有内容可写，都是梦生先生诗作给我的评论以灵感。当我将这些不同时期写作的诗评，投稿给《花溪》《中国文艺家》《时代人物》《名家名作》等报纸杂志，都很快得以公开发表。

纵观梦生先生发表的诗词作品，我认为他的作品都围绕着内心深处的"梦"这个内核进行的。

梦，是睡眠中的幻象，后延伸至幻想。梦引申的意思，有梦想、希望、美好、幸福。我们看，梦生先生所写的"梦诗词"，其实是作者的一种追求希望、美好、幸福的一个过程，是作者心灵对人与世界的理解，是对生活的敏感和发现。作者后来从造船业跨行到电线电缆和机械行业工作，先后在多个企业担任车间主任、科长、厂长、总经理、董事长等职，并取得工程师、高级经济师等职称。每到一个新单位和新岗位，他都干得很好，都释放了自己的情怀：圆了儿时对梦的向往。

现在，他又有新的追求。

最后，让我以梦生先生的"代梦述言"中的一段佳句："惜看诗庄词雅东流去，斟酌梦笔纸墨盼知音。"作为本文的结尾。

是为序。

刘邦民

2022 年 10 月 24 日写于武汉

诗传情，词达意

——隔代文化桥梁的感言

　　记事起，我就在爷爷背诗、读词的引导下成长。高中时接触到格律诗词，方知唐诗宋词，感悟乾坤之沧桑，啜尝国粹之精良。

　　近年来，爷爷退休在家，以诗交流、以词互动，架起祖孙遨游文海的桥梁。文思泉涌，典韵妙响常常是我们忘年交的食粮。看爷爷气血虽衰，但对诗词"饥渴难挡"，和我一样童颜荡漾。争论起一词一句一字，互不相让，好似同班同学一样。

　　得知爷爷的《梦生诗集》即将出版，比我阅读报纸杂志上他发表的诗词更加兴奋，这是他多年来以诗词远离黄昏，遨游文海，劈波斩浪的印迹。古风新吹，颂今歌扬。以诗抒奇志，以词诉衷肠。著书立说，激情豪放，勇遇人生第二春，习作盈眶。才气昭彰，连篇累牍，芳馨共赏，可歌可贺。作为孙女倍感骄傲，同时没有谁比我更了解他思想深处的一笔一画，并为之付出的艰辛。耳濡目染爷爷的通宵达旦，夜灯连朝阳已经习以为常，他却步履蹒跚，傲挺脊梁，严谨求实，跬步积长。就在住院时亦心志方刚，已然忘却病痛之苦，乐观开朗，开心每一分钟。只争朝夕，婉拒"夕阳"，感染同室病友，共勉志向，给大家留下深刻印象。

　　这次爷爷的《梦生诗集》，是他一生的心血，有论文、格律诗词、白话诗词、评论文选。细读慢品，其意悠长。独树一帜，心性可窥一斑。但愿有一日我也能学他"情飞扬，人灵秀，志高昂。"

　　（朱瑞雨，系作者朱梦生孙女，目前于海外留学。）

目　录

第三辑　容新白话诗词

守正容新论文

第一辑

古律新韵均成诗

——"守正容新"白话格律诗词探讨

朱梦生　刘邦民

【摘　要】近体格律诗产生了众多伟大的诗人和不朽的诗篇，对中国诗学产生了极为深刻的影响。文章研究了格律诗词的成因、发展与繁荣的过程，在充分肯定了格律诗词的贡献后，针对其存在的"严格苛律"的问题，依据"江山代有才人出，各领风骚数百年"这一大胆创新、反对因循守旧的观点，提出了响应格律诗词要"守正容新"这一诗学理念，并在此基础上，大胆诠释了通俗白话格律诗词的创意路径。

【关键词】诗词探讨；守正容新；白话格律

引言

中国古典诗词曲赋源远流长，内容博大精深，经典浩如烟海。格律诗词，便是这浩如烟海中的佼佼者。格律诗，也称近体诗，是古代汉语诗歌的一种。篇体上确定了律诗以四韵八句为主要形式，以格律、绝句为补充样式。近体格律诗一经产生，就以它严格的规范，灿烂的成就，成为我国古典诗歌广泛运用且最具代表性的诗体。但是，格律诗繁荣后，也由于其"严格苛律"，使得后代诗人亦步亦趋，这就严重妨碍了诗歌的进步与创新。笔者在研究了格律诗词的成因、发展与繁荣的过程后，针对格律诗词存在的问题，依据"江山代有才人出，各领风骚数百年"这一大胆创新、反对因循守旧的观点，提出了响应格律诗词要"守正容新"这一诗学理念，并在此基础上，大胆诠释了通俗白话格律诗词的创意路径。

一、古体诗、近体诗的分化与格律诗的形成

唐宋人把自初唐以后出现的律体诗，称之为近体（格律）诗，后世沿用唐宋人这一说法。另外，他们把不大受格律限制，效仿汉魏古诗的作品称之为古体诗。唐宋代（包括元明清）近体、古体并行诗坛，学诗的人，往往是先近体，待近体运用纯熟之后，再作古体，他们认为近体与古体诗，犹如高山和平地的关系，只有当你爬过高山之后，再行走于平地上，才会有豁达畅悦之感。

1. 格律诗的萌芽

近体诗是在五言、七言诗发展成熟的基础上产生的，是魏晋南北朝诗人探索艺术技巧，讲究声韵和谐，追求形式美的长期努力之花，在唐宋结的果。近体诗孕育于古体诗之中，因为，其整齐、对偶、和谐、押韵等律化因素已有相当部分是包含在古体之中。

2. 格律诗的开端

经过魏、晋、宋、齐、梁诗人们的长期探索，齐梁的周颙和沈约总结了汉字的发音规律，提出了"四声""八病"之说，使诗歌创作由自然的声律发展到讲究追求声律，出现了作诗要注意平仄和韵律的性质，形成了格律诗的主要内容。这样，"永明体"（有时也可称"齐梁体"）的新诗体逐渐形成。永明体的出现，标志着我国古代诗歌从原始自然艺术的产物"古体"诗，开始走向人为艺术的"近体诗"。这种新诗体是格律诗产生的端倪。

3. 格律诗的形成

近体（格律）诗，一般认为经历过三个阶段。

（1）良好开端。唐贞观时期，早期著名的田园诗人王绩创制了第一批成功的五言律诗，如他的《野望》：其中"树树皆秋色，山山唯落晖"，写景谐和，景致优美。全诗和律又自然生气，为近体诗的发展壮大拉开了序幕。

（2）促进定型。唐高宗时期，宰相上官仪特别注重对仗的技巧，归纳了"六对""八对"的名目，其"正名对""连绵对"之类，如，"晓树流莺满，春堤芳草积"促进了近体诗的定型化。

（3）定型标志。唐武周时期，"初唐四杰"以典丽凝重的诗作奠定了近体诗的基石。如，杨炯的诗《从军行》"宁为百夫长，胜作一书生"。也就在同时期，诗人沈佺期、宋之问，系统总结了数百年诗人苦心探索的经验，约句准篇，制成律体，是为定格。如宋之问的绝句《渡汉江》，沈佺期的七律《独不见》等作品都是近体定型的标志。

二、格律诗的特点

格律诗的"格"，就是规格、格式、法度，是一种外在的、形式方面的规定性。比如诗的句式、字数、平仄、粘对要求；"律"就是规律、音律、气韵，是节奏、结构等内在的规定性，比如诗的押韵和起承转合。格律诗一般来讲，分为绝体（五绝、七绝），律体（五律、七律、排律）两大类。

格律诗的特点如下。

1. 句数固定

（1）诗有定句。绝句为四句，律诗为八句，排律为八句以上。

（2）句有定字。各句字数相等，五言或七言。

2. 讲究押韵

诗词中所谓韵，大致等于汉语拼音中的韵母。例如"公"字拼成 gōng，其中 g 是声母，ōng 是韵母。凡是同韵的字都可以押韵。所谓押韵，就是把同韵的两个或更多的字放在同一位置上。诗人在律绝诗词中，用一个韵的字放在句尾，使之产生一种回环和谐的音律美叫作押韵。一首诗中，一般总是把韵放在句尾，所以又叫"韵脚"。具体讲：

（1）一般押平声韵，不押仄声韵。

（2）偶句必韵，奇句可韵可不韵。

（3）七律首句入韵是正格，不入韵为变格；五律以首句不入韵为正格，入韵为变格。

（4）一韵到底，不可换韵。

3. 合乎平仄

讲究平仄，是为了诗作咏读起来抑扬顿挫，悦耳动听。格律诗对平仄要求十分严格，不仅用韵分平仄四声，就是不入韵的字也有平仄要求。还有一些即使押韵，但不合平仄的诗，也不能算格律诗。所以，要掌握诗词格律，须分清平仄四声。

（1）平仄四声。古典诗词中的四声，不同于今天现代汉语拼音中的四声。现代汉语拼音的四声分别是阴平、阳平、上声、去声。阴平、阳平为平声；上声、去声为仄声。要形成声调上的抑扬顿挫，就要交替使用平声和仄声，才不单调。一般来说，律诗中，平仄在本句中是交替的，这是其一；其二，平仄在对句中是对立的。古代汉语四声分别是平、上、去、入四个声调，一平三仄。

（2）入声。古代汉语四声之一。其声短促，一发即收。普通话中入声消失，辨别入声字有个规律，凡韵尾是 –n 或 –ng 的字，不会是入声字。喻世长在《谈谈声调问题》指出："汉语北方话大多数是四个调类：平声分阴、阳两类，上、去各一类，入声的调类已合并到其他调类中去了。"这就说，古代的入声字在普通话里，已经分散合并到其他声调中去了。

（3）律诗律句。汉语基本上是以两个音节为一个节奏单位的，重音一般落在后面的音节上。以两个音节为单位让平仄交错，就构成了律诗的基本句型，称为律句。

对于五言律诗来说，它有四种基本句型：

（甲）平平仄仄平，（乙）仄仄平平仄。
（丙）平平平仄仄，（丁）仄仄仄平平。

七言律诗只是在五言句型的前面再加一个节奏单位，它的基本句型就是：

（甲）仄仄平平仄仄平，（乙）平平仄仄平平仄。
（丙）仄仄平平平仄仄，（丁）平平仄仄仄平平。

这些句型有一个规律，就是逢双必反。

（4）"一三五不论，二四六分明"。这个平仄调配的常用口诀指的是，在一首七言律诗之中，第一、三、五字可以用平也可以用仄，而第二、四、六字则必须平仄分明，不能任意使用。

但是，在五言"平平仄仄平"这个格式中，第一字不能不论，在七言"仄仄平平仄仄平"这个格式中，第三字不能不论，否则就要犯孤平。

（5）孤平。所谓孤平，就是在"仄平"韵脚的格式中，即五言"平平仄仄平"和七言"仄仄平平仄仄平"这两个句型中，该用平声的五言第一字、七言第三字用了仄声，如此除了韵脚尾字之外便只有一个平声字了。如此就称它是孤平。孤平可是近体诗的大忌。

（6）三平调。对于"平平"韵脚的格式中，即"仄仄仄平平"和"平平仄仄仄平平"来说，前者第三字，后者第五字，也不能不论，否则会出现"三平调"，即句子的结尾是连续的三个平声字，这同孤平一样，也是近体诗之大忌，必须避免。

4. 八病

格律诗要求格律声韵达到互相配合，完美无缺，才算合格。沈约首提"四声八病"之说。八病：指作五言诗时，在运用四声方面所产生的毛病。

（1）平头。五言诗的第一、二字不能与下句第一、二字声调相同。不然就犯了平头的毛病。如："今日良宴会，欢乐莫具陈。"

（2）上尾。五言诗的第五字（出句最后一字）与第十字（对句最后一字）的声调不能相同。不然就犯了上尾的毛病。

（3）蜂腰。两头大，中间小。指五言诗一句内第二字与第五字的声调不能相同；不然就犯了蜂腰的毛病。

（4）鹤膝。五字首尾都是平声，中间一字为仄声。首尾皆清音，中间一字独浊，为两头细中间粗。

（5）大韵。指五言诗一联十个字之内不能有与韵脚同一韵部的字。

（6）小韵。五言诗一联十字之中，其他九字不能有同韵的字。

（7）旁纽。旁纽病，是指一句中不得出现同声母的字。

（8）正纽。一联十字中不得出现声调不同的同音字，同音则犯正纽病。

5. 讲究粘对

律诗每句的句式和字的平仄都有规定，讲究粘和对。粘就是要求上联的对句的第二字与下联的出句的第二字平仄相同，平声字与平声字相应，仄声字与仄声字相接，也就是平仄相一致。具体说来，就是要使第三句跟第二句相粘，第五句跟第四句相粘，第七句跟第六句相粘。广义律诗允许失粘，狭义律诗不允许失粘。对，就是出句与对句平仄相对，平对仄，仄对平，也就是说，在对句中的平仄跟出句的平仄是对立的。简而言之，粘对就是要求联内相对，联间相粘。

（1）"失粘、失对"。有粘有对，赋予律诗音律美，成就律体。失粘就是违反后联出句的第二个字和前联的对句的第二个字平仄要求相同的规则。"失对"，就是违反了"对"的规则。失粘、失对，皆为诗家之大忌。这是指律诗成熟后而言，初盛唐存在不少失粘、失对的诗句，那是当时喜作古风而律体尚未严整之故，不必细究。

（2）拗救。拗，就是不顺。救，意思是补救。拗救，就是说对诗中不顺畅的地方进行补救。有拗才救，无拗不救。律诗各句的构成规则就是：对句相对，邻句相粘。拗句，就是不依照一般平仄的句子。诗人对于拗句，往往用"救"。具体地说，就是在一个出句中该用平声的地方用了仄声，然后在本句或对句的适当位置，把该用的仄声字改用平声，以便补救。合起来叫作拗救。具体分为以下三种情况：出句自救；孤平拗救；对句相救。

6.讲究对仗

古时仪仗队两两相对，借用到诗词中，叫作对仗。对仗，就是诗词中一联中的出句和对句在语言形式上的严格对偶。工整的对仗，使诗词富有建筑式的对称美，能使诗词增添浓郁的艺术魅力。一般讲对仗，指的是两句相对。上句叫出句，下句叫对句。

律诗对仗的位置也有规定：一般要在第三句和第四句（颔联）、第五句和第六句（颈联）对仗。

（1）对仗的构成。构成的条件是字数相等、词性相合、结构相同、平仄相反。

（2）对仗的种类。对仗的种类很多，大体上可从内容、方式、声韵、修辞等方面细分。下面略举几个常见种类。

正对（真对）。实字对实字，虚字对虚字，名物对名物，数量对数量。如"烽火连三月，家书抵万金"。借对（假对）。借一个词来与原词相对。如"千寻铁锁沉江底，一片降幡出石头"。"石头城"为地名，无地名可对，借"石"与"江"相对，"头"与"底"相对。工对。严整的对仗，词性、结构、平仄合乎要求的对偶。如"草枯鹰眼疾，雪尽马蹄轻"。宽对。不太严格的对仗。如"三山半落青天外，二水中分白鹭洲"，"外"与"洲"属于宽对。句中对。本句前后相对的特殊对仗。上句自对，下句也如此，不可单出。如"山重水复疑无路，柳暗花明又一村"。"山重"对"水复"，"柳暗"对"花明"。流水对（串对）。出句和对句意义相贯，不可分割，如流水一般的对仗。如"一从归白社，不复到青门"，一句话，分两句说。"直愁骑马滑，故作泛舟回"，上下句表因果关系。沈德潜认为"中联以虚实对，流水对为上"。

（3）对仗的位置。律诗对仗的位置一般在颔联与颈联。绝句的对仗一般不作要求，但也可用对仗。词的对仗也有要求的，如词谱，也有不作要求的，即便采用对仗的，限制也较律诗为宽。

（4）对仗之忌。"合掌"：出句与对句之意基本相同，造成语义重复的对仗，称之为"合掌"。"蝉噪林逾静，鸟鸣山更幽"上下句虽意蕴幽远，但仍犯了"合掌"。重字：出句与对句中相重的字。

7.起承转合

诗歌讲究结构章法，注重诗意的分合和意脉的承接，受格律形式制约，诗歌的"章法"分起、承、转、合四部分。

起：发端开头（起因，破题，不能离题），律诗的首联，绝句首句。

承：事件的过程（承接，承题详述，形象具体），律诗的颔联，绝句的第二句。

转：结果转折（意象变化，深化内涵，引出本意），律诗的颈联，绝句的第三句。

合：叙议结合（结尾，首尾相顾，强化诗意），律诗的尾联，绝句的第四句。

例：

杜牧 ┃ 清明

清明时节雨纷纷，（起）

路上行人欲断魂。（承）

借问酒家何处有，（转）

牧童遥指杏花村。（合）

三、格律诗的成就及其影响

盛唐时期是诗歌繁荣的顶峰，盛唐和唐代中晚期也是格律诗的成熟与发展时期。李白、杜甫等无数大诗人，创作了非常多的五言绝句、七言绝句；五言律诗、七言律诗。对后世影响巨大的《唐诗三百首》，收录的经典绝律诗：五言绝句 29 首、七言绝句 51 首、五言律诗 79 首、七言律诗 53 首。盘点这些大诗人创作的经典格律诗，对我们从中吸取格律诗的养料，启迪诗歌创作灵感，有着巨大的作用。

1. 绝句成就代表

（1）五言绝句

王之涣 ┃ 登鹳雀楼

白日依山尽，黄河入海流。

欲穷千里目，更上一层楼。

这首五绝，以景寓理、意境营造、格调升华都可称诗中佳品。其平仄、韵脚、对仗的运用堪称佳酿。

（2）七言绝句

王昌龄 ｜ 出塞

秦时明月汉时关，万里长征人未还。

但使龙城飞将在，不教胡马度阴山。

《出塞》选取了征戍生活中的一个典型画面，来揭示士卒的内心世界。此诗苍茫大气，士卒望战，意象昂扬，景物描写只是用来刻画人物思想感情的一种手段，汉关秦月，无不是融情入景，浸透了人物的感情色彩。《出塞》把写景、叙事、抒情与议论紧密结合。将复杂的内容熔铸在四行诗里，深沉含蓄，耐人寻味。

2. 律诗成就代表

（1）五言律诗

王维 ｜ 山居秋暝

空山新雨后，天气晚来秋。

明月松间照，清泉石上流。

竹喧归浣女，莲动下渔舟。

随意春芳歇，王孙自可留。

空山雨后的秋凉，松间明月的光照，石上清泉的声音以及浣女归来竹林中的喧笑声，渔船穿过荷花的动态，经过作者的酿造，和谐完美地融合在一起，给人一种丰富新鲜的感受。《山居秋暝》就像一幅清新秀丽的山水画，又像一支恬静优美的抒情曲，体现了王维诗中有画的创作特点。这首五律平仄合规，韵脚工整。

当然，还有"海内存知己，天涯若比邻"等名句，这些五律，都是温暖人心、千古传诵的佳作。

（2）七言律诗

杜甫 | 登高

风急天高猿啸哀，渚清沙白鸟飞回。

无边落木萧萧下，不尽长江滚滚来。

万里悲秋常作客，百年多病独登台。

艰难苦恨繁霜鬓，潦倒新停浊酒杯。

这首《登高》前半写景，后半抒情。全诗通过登高所见秋江景色，倾诉了诗人长年漂泊、老病孤愁的复杂感情，慷慨激昂，动人心弦。此诗八句皆对，其章法、句法、字法，堪称绝学。明代胡应麟《诗薮》评价说："一篇之中，句句皆律，一句之中，字字皆律。"字词工巧而不露痕迹，对仗圆融贴合景色，真正是出神入化，让人大获爽快美感。

3. 中国古典诗歌对西方诗歌创作的影响

20 世纪，英美现代主义诗歌运动，出现一个震惊诗坛的流派——意象派。意象派以其意象鲜明、简练含蓄的诗作，反对空泛的抒情和陈腐的说教，从内容和形式两方面革新了维多利亚时代无病呻吟的伤感诗风，开创了英美现代诗歌发展的新方向。其创作特色："意象派三原则"如下。

直接处理无论主观的或客观的"事物"；绝对不使用任何无益于表现的词；至于节奏，用音乐性短句的反复演奏，而不是用节拍器反复演奏来进行创作。

意象派的创作显现出含蓄、凝重、集中、富有感情的特点，这些跟他们的诗歌理论受中国的影响有一定的关联，作为意象派诗歌运动的代表，庞德翻译、模仿过中国古典诗歌，吸收了中国古典诗歌特别是"格律诗"的"务虚"美学，含蓄、生动凝练的特点和日本俳句的诗体烙印，提出诗歌"要含蓄，不用直陈"的创作理念。

意象派一首声震西方诗坛的短诗《在一个地铁车站》就两句，但其含蓄、凝练，一扫"直抒胸臆"不耐读的诗风：

> 埃兹拉·庞德（美国） | 在一个地铁车站
> 这些面庞从人群中涌现，
> 湿漉漉的黑树干上花瓣朵朵。

庞德以独特的视角，捕捉生活中一个最富于表现力的瞬间，体现生活中的美。他吸收了中国古典诗词的美学经验，采用意象叠加的方法，有效地传达了自己的现代都市体验。诗中"面庞"与"花瓣"虽然是两个迥然不同的意象，但是两个意象一旦叠加起来便形成了相互映衬、相互加强的比喻，使得这首诗很形象地再现了那些漂亮的面庞在人流中涌现的情景。庞德借鉴了中国诗词善于写景抒情，以写景烘托气氛从而酿造出意境，注重描写景物在人们心里唤起的反应，以此来表达自己的主观意识，《在一个地铁车站》让人耳目一新，令人回味！

由此联想：这与中国古典诗歌"人面桃花相映红"的意境何其相似！

从中国古典诗词借鉴艺术手法，营养丰富自己的诗歌创作，西方意象派可谓春风得意。由此观之，中国古典诗歌特别是"格律诗"对世界诗坛的贡献令人称颂点赞！

四、格律诗的继承发展与"守正容变"的"白话格律"

以上我们简述了格律诗的起源、繁荣，以及对诗界文化的贡献。但我们也要注意到，格律诗的兴起是一个漫长的过程，在这一过程中和以后的岁月里，格律诗的一些"严格苛律"也束缚了诗人们的创作诗歌的热情和想象，正如有些人讲的创作格律诗犹如戴着镣铐跳舞。当然有的高手，跳得很好，但我们也不得不说，大多数诗歌创作者和爱好者，对这一大堆"严格苛律"还是有点"心慌意乱"，一定程度上影响了诗歌创作的繁荣。那么对格律诗应采取什么态度为好呢？笔者认为，喜欢继续"格律"也掌握了其"格律、规矩"的诗人，大可继续创作格律诗，那些对这一大堆"格律、规矩"弄得"心慌意乱"的诗人，完全可以冲破"格律、规矩"，取其精华"守正创新"白话格律——既可全篇合律、半律半白，也可无律全白，不刻意照搬，不因格律伤其原来诗中的词和句，也不因其词和句伤其构思中的意。总之，以情为上，达意优先。只要很准确地表达了内心对人与事物的理解，抒发了内心的情感，表达了对生活的敏感和发现，惬意地完成了意境的创造，就不怕什么"合律不合律"。

1. "白话格律"是诗歌自身的演绎规律

（1）古体诗与近体诗并行。古体诗是诗歌的一种体裁，也称古诗、古风，多指唐以前的诗歌。沿着《诗经》、楚辞、汉赋、汉乐府、魏晋南北朝民歌、建安诗歌、唐初的古风和新乐府的发展轨迹演变。古体诗是与"近体"相对而言的诗歌体裁，古体诗形式比较自由，不受格律限制。有四言、五言、六言、七言、杂言等体，通常用五言、七言体的较多，简称"五古""七古"。每篇句数可不等，不求对仗，平仄和用韵也较灵活。没有太多严苛"格律、规矩"的古体诗也一样创造了令人瞩目的艺术成就。请看七言古诗：

曹丕 ┃ 燕歌行（节选）

秋风萧瑟天气凉，

草木摇落露为霜。

群燕辞归鹄南翔，

念君客游思断肠。

慊慊思归恋故乡，

君何淹留寄他方？

没有格律的"规范"，读来照样令人回味无穷。

往上溯，《诗经》《离骚》《汉乐府》也都创造了灿若星河的辉煌诗篇。诗歌是心灵对人与世界的理解，是对生活的敏感和发现。一首好诗，关键在诗歌酿造的意境，而不只是它的形式。

（2）宋诗宋词的发展概貌。在唐代中后期，从西域传入的各民族的音乐与中原古乐渐次融合，形成了燕乐。原来整齐划一的五言、七言诗已不适应，于是产生了字句不等，形式更为活泼的词，到了宋代更为发达，这就是宋词。词作为一种音乐文学，是伴随着燕乐而兴起的。燕乐，又称宴乐，是隋唐至宋代的宫廷中饮宴时，提供娱乐欣赏的，艺术性很强的歌舞音乐。词是由诗派生出来的，所以词又被称为"诗余"，又由于词的句子字数长短不一，古人也称为"长短句"。古人云："诗庄词媚曲谐。"庄者，庄严也；媚者，婉媚也；谐者，诙谐（幽默）也。这是说诗、词、曲有着不同的风格。确实如此。由律诗演变为词，的确是诗歌内在规律的演变。

诗歌发展到宋代已不似唐代那般辉煌灿烂，但却自有其独特的风格，即抒情成分减少，叙述、议论的成分增多，重视描摹刻画，大量采用散文句法，使诗同音乐的联系逐渐疏远。

（3）元曲。到了元明两代，又出现了一种新的文学艺术体裁，称为"曲"，也称散曲。曲是词的一种变体，除了咏唱时的伴奏乐器不同以外，在语言上更加接近口语。其突出的特点是可以加衬字。

自明清以下，律诗逐渐衰落。

2. "白话格律"是繁荣诗歌创作的百花齐放

一般认为，随着五四新文化运动的发端，中国的现代文学诞生了。1917 年胡适首先在《新青年》上发表了《白话诗八首》，其中有一首《两只蝴蝶》（原题《朋友》）：

胡适 ┃ 两只蝴蝶

两只黄蝴蝶，双双飞上天；

不知为什么，一个忽飞还；

剩下那一只，孤单怪可怜；

也无心上天，天上太孤单。

这是胡适于 1916 年 8 月 23 日写下的中国第一首白话文诗。自此之后，中国新诗正式开始登场。胡适还利用《新青年》这一阵地，提出"诗体大解放"的主张，倡导不拘格律、不拘平仄、不拘长短的诗。在新诗萌芽发展过程中，刘半农、刘大白、康白情、俞平伯等都是创作先锋。这些诗坛大家对文言文和格律诗词进行了大胆突破和全面创新，追求以通俗易懂的口语作诗。在众多先驱的努力下，新诗形成了没有一定格律，不拘泥于音韵，不讲雕琢，不尚典雅，只求质朴，以白话入行的基本共性。早期出版的新诗集有胡适的《尝试集》和郭沫若的《女神》等。这些现代诗（新诗）

也都是白话文诗，很容易被大众理解、传咏、接收，也易于与世界其他文化交流，这样就为古典格律诗词的革故鼎新和发扬光大闯出了一条新路。

但是，尽管时过境迁，有些人仍对格律诗"情有独钟"，只要是见到五言四句、七言八句的诗歌，张口必问："合不合律？"这种只问形式不讲内容的"开口呼"，的确很伤部分诗歌写作爱好者的积极性。诗友马凯先生在诗歌创作实践中，也深感"严格苛律"对诗歌创作的束缚，提出了"求正容变"的诗学理念，受到许多诗歌创作者（爱好者）和诗歌理论工作者的好评和欢迎，得到当代诗坛的广泛赞誉。中华诗词学会顾问罗辉先生对马凯先生"求正容变"的诗学理念，作了具体的解说："对填词而言，采用正格的长短句结构及其长短各句的平仄格式当然没有异议，但若是内容需要，不但可以遵循某一位古人的某一种'变格'来填词，而且还可以根据各个词牌的'长短句结构'及其长短各句平仄的统计分析格式来创制新的变格。"在谈到诗的风格时，罗辉先生认为："所以在接受诗词曲格律的基础上，根据作品的内容需要，允许出现不同的风格，当是'求正容变'的应有之义。""从诗体创新的角度看，要认识到传统诗词之所以长盛不衰，诗体之不断创新不失为其中重要因素之一。所以，遵循'求正容变'之诗学理念，大胆探索当下的诗体创新问题。"

原武汉老年大学副校长卫衍翔先生也指出："现代不少人只会用唐朝人的思想、感情和唐朝人的模式、陈规来规范自己的诗作。"因此卫先生大声疾呼：提倡解放古诗词。他提出音韵、平仄等格律是为诗人服务的，不要成为束缚诗人手脚的"新镣铐"。为此，卫先生身体力行，于1997年，在读了《读魏予珍〈诗偶感〉》"不依格律不成诗，此论何妨再论之。劝君莫奏前朝曲，诗坛也有放权时。"这首诗后，写下下列诗作："不依格律可成诗，此论于今再论之。纵使奏滥前朝曲，不过诗奴加白痴。不依格律可成诗，诗坛改革此其时。江山代有才人出，重谱新诗胜旧诗。"

这些诗学大家在"白话格律"诗词方面，都作出了理论和实践的先行，值得我们认真加以研讨、学习和实践。从而繁荣当前诗词曲的创作与研究，给"诗歌大国"作出新的贡献。

3. 笔者"守正容新"白话格律的创作实践

所谓"白话格律"，就是优质的内容无须受到格律诗的"严格苛律"形式的束缚，完全可以依循诗人情绪的流动节奏和诗歌意境的烘托营造，来完成诗词曲的创作。笔者在"守正容变"的白话格律诗词的实践中，也进行了一些探索实践，感觉到，只要诗歌意境表达出来了，形式真的不必那么"严格苛律"。

（1）合律的创作

七绝：

梦生 ┃ 江城地铁

穿越两江唱四岸，百湖腹下尽高歌。

舞姿一扭美三镇，地上无声韵网络。

地铁，当今的地下长龙、特大城市陆地上最便捷的交通工具，诗作从穿行于武汉三镇的地铁，在形象思维意象性地描写下，拟人化地表达了这样的意境："舞姿一扭美三镇，地上无声韵网络。"

五律：

梦生 ┃ 家

情感似田园，根缘承万千。

青枝爱绿叶，瓜果谢花鲜。

景秀光阴亮，人欣岁月甜。

栉风沐雨后，享受港湾间。

这首诗，通过对各种"青枝绿叶、瓜果和景秀、港湾"的描写，并注入真实情感，《家》的温馨，这一意境也就深广出来了。

词：

梦生 ｜ 凤箫吟·菊

暑中来，初寒相送，开花尽显深秋。集夏阳酷热，点燃俏俊，潇洒村头。田前田凫后，围塘周，尽自悠悠。洁白多纯黄，主持一季风流。

清幽。丰收时节，深情在，陪伴娇柔。天空云荡漾，月尖星浪漫，有志难休。催香新稻谷，喜灵魂，诚挚追求。朵萎结，参茶拌药，去火消忧。

《凤箫吟·菊》，这首词，通过对菊这一物象的描写，惬意地抒写了秋收的喜悦。

以上诗词，都是按照格律诗的"严格苛律"来抒发内心情感的，因为掌握了格律诗的写作方法，笔者写来也感觉轻松自如。

（2）半白半律

诗：

梦生 ｜ 江月梦

江浪醉月摇彷徨，圆月年年八月赏。

无穷赏客谁知己，秋风秋雨最断肠。

江月乘浪催思想，江水处处掀波浪。

不知波浪翻多高，浪花丛中梦心伤。

这首《江月梦》通过对"江月、江水"等意象的营造，抒发了作者孤寂的行迹，在两难选择中的矛盾彷徨。

词：

梦生 ｜ 贺新郎·神女

登峰立千载，曾飘逸，云中几何，天真神女。脚踩三峡百道险，手扶长江浪惧。急涛响，望水叹嘘。风吹雨打极目眼，无奈凤，岁月凝思绪。盼根治，渴奇举。

大坝一揽世界惊，驯服水，清影川谷，唤醒神女。曼舞高峻跳平湖，化险为夷新曲。唱山歌，黄土变绿。拥抱高原宁静水，献长城，妖娆谱新律。九州诗，现实剧。

这首《贺新郎·神女》，写出了传说梦幻与现实美景带给人们的愉悦与想象。为了意境的需要，笔者摆脱了"严格苛律"半白半律地完成了作品。

（3）白话格律

五言八句

梦生 ｜ 恋溪柳

小溪伴柳影，波纹牵丝巾。

拉住难分手，合拢爱成形。

含蓄枝叶明，遮盖初恋心。

谁隐羞浪语，无声戏水情。

这首《恋溪柳》是笔者践行白话格律的诗作，我以为，没有了"严格苛律"的限制，写起来得心应手，很恰当地将自己瞬间的所见所感"含蓄"地表达了出来：清溪留人情。

七言八句：

梦生 ｜ 天涯颂

沙滩无边天涯知，海角有尽万年石。

比寿南山一老松，三亚椰产世界汁。

滋润博鳌论坛花，丰收特色美果实。

奉送嫦娥腾飞图，描绘奔月新优势。

《天涯颂》腾挪想象，将海南传统、特产和新时代新景致巧妙地结合起来，歌颂了"天涯海角"迈向现代化的新气象。在艺术上，细细品来，还是运用了对仗、音节等手法，只不过这些艺术方法的运用，完全是依照诗歌意境的营造而进行的，无须受"严格苛律"的限制。

限于篇幅，这里笔者只选择了部分格律诗、半白半律、白话格律诗，意在说明对格律诗词的"守正容变"：只要完整表达了诗歌的创作意图，抒发了内心的感受，塑造了令人感慨的生动意象，所写的诗词能够感动人，引起读者的共鸣，对格律限制完全可以"遵照、部分遵守、白话格律"的形式去创作，只要所创作的诗词曲恰如其分地酿造了美丽意境，就行。

结语

的确，格律诗词流传千百年，其平仄韵律、对仗格调早已成熟且标准化了，在中华文明史上是独树一帜的。但现今生活节奏加快，电脑、手机、人工智能等现代科技发展日新月异，特别是年轻人，越来越以快字当先、立意为主、情感至上，更容易接受白话文语体，那些直截了当、深入浅出的表达方式，深受他们的欢迎。由此可见，如果一味地循规蹈矩，写那些"严格苛律"的诗词曲赋，是很难跳出汉诗的"小圈子"，也很难普及，尤其无法准确地翻译成外文在全世界传播。

1957年1月12日，毛泽东给臧克家和《诗刊》回信说："《诗刊》出版，很好，祝它成长发展。诗当然应以新诗为主体，旧诗可以写一些，但是不宜在青年中提倡，因为这种体裁束缚思想，又不易学，这些话仅供你们参考。"毛主席对中国古典诗歌的见解，值得我们诗歌创作者和各类诗刊编辑们深刻领会并践行。

诗词曲之美，美在由古至今的传承的文化中，美在人文继承的基础上"守正容变""白话格律"的创新中，美在易于世界的传播交流中。

参考文献：

[1] 毛泽东.《给臧克家等人回信手迹》.诗刊，1957（1）.

[2] 喻守真.《唐诗三百首详析》.中华书局，2005（9）.

[3] 卫衍翔.《梦中诗吟稿》.中华诗词出版社，2012（12）.

[4] 马凯.《再谈格律诗的"求正容变"》.心潮诗词，2021.（8）.

[5] 朱梦生.《梦生诗词作品选》.中国文艺家，2021.

[6] 刘邦民.《指间色彩赋青春——梦生诗词作品欣赏》.花溪，2021（7）.

（此文载《时代人物》2021 年第 34 期）

守正格律诗词

第二辑

诗律守正古今步

词道循规平仄怨

梦江湖

双江汇汉涌，四岸迹无穷。

常梦百湖静，偶知千浪空。

摇波云月故，舞彩夕阳浓。

枕失几多影？只因缥缈中。

2011 年 8 月于武汉

蝉

蝉吟歌不断，妙谱曲波中。

贵在无休止，坚持情更浓。

1980 年 7 月于江津

光　阴

天天迎日月，四季送年归。

年节假重度，人生岁不回。

光阴流易失，金子买难为。

昨夜熬成梦，今朝赶紧追。

2005 年 1 月于武汉

摹入神

——悟赵颂凯老师两幅临摹画

一松雄起众山峰，两幅相连摹入神。

韵墨挥毫书感悟，临图熨纸烙灵氛。

初观复品内涵颂，再赏深究凯锦寻。

虽是老师白发画，指间色彩赋青春。

2019 年 12 月于武汉

奔 心

——读赵颂凯老师临摹画有音

泉涌彩临摹画流，多层瀑布挂山头。
水花开曲尽言唱，波浪飞歌无语讴。
欲显当年才艺展，悟明此时韵文悠。
不知多少静空夜？唯笔奔心纸上留。

2019 年 12 月于武汉

画 骨

——读赵颂凯老师三幅画有感

傲雪骨当头，迎春梅最优。
画中绝妙处，鹏志尚难酬。

2019 年 12 月于武汉

舟游天池

天山峻影荡天池，疑似天仙洗淑姿。

落水银河摇浪浴，沐汤玉宇舞云驰。

悠天圣谷映初日，定海神针惊醒时。

感叹山湖美如画，舟游胜咏画中诗。

2018 年 8 月于新疆

恩施富硒茶

寻遍富硒特产地，恩施最诱赏茶人。

迎春漫道撒千客，顶日辉乡照万金。

几叶杯中飘美锦，满村屋顶冒灵氛。

风传茶妹歌声绕，边采边哼妙入神。

2013 年 4 月于恩施

春江城

朝阳一撒漫城头，满地春光映水流。

四岸花姿开脸笑，千波鸟影含风羞。

引回黄鹤戏新宅，唤醒山龟享绿洲。

驾驭两江难尽兴，百湖驯服再神游。

2020 年 3 月于武汉

根

千根扎地下，万苦不呻吟。

用尽全身力，摧开满树芬。

爹磨两手茧，娘皱一头纹。

领引人生路，艰辛脚印深。

1977 年 5 月于重庆

梦崔颢

久别昔人梦里醒，欲乘黄鹤寄乡情。

黄楼千载换新貌，故月今生破夜明。

四岸葱葱三镇美，两江静静百湖清。

风光染目知何处？桥上轻车享旅程。

2020 年 8 月于武汉

送玫瑰

——老伴花甲

祝寿送花香，玫瑰引兴长。

顺风展品位，逆境表衷肠。

记忆相思屋，回归互念窗。

心中藏晚月，花甲赛晨阳。

2009 年 10 月于武汉

学友情

会友乐心中，举杯思不穷。

清茶品少梦，陈酒饮初衷。

天意春光宠，人情老际浓。

胡须岁染白，拥抱夕阳红。

2016 年 9 月于武汉

西安会友

会友车奔直指西，情真意切不知疲。

畅饮回顾同甘苦，细品反思肝胆披。

活活灵现兵马俑，浑浑落魄贵妃姬。

古今多少痴情事，身陷其中分外奇。

2016 年 5 月于西安

不老心

胡须一刮添光彩，染发催生不老心。

晨练躬操健美舞，夜书誊写激扬文。

夕阳无限吟诗好，笑口常开诵词欣。

虽近黄昏勤不辍，但求越活越精神。

2018 年 12 月于武汉

思 乡

秋夜思乡跟月寻，余晖衬托故乡星。

穷搜夜影流光烁，独眺青天藏旧情。

叶落悄悄飞彩舞，曲兴默默奏知音。

山歌何处风相送，伴唱家乡总是春。

1980 年 10 月于江津

鹏　志

——两幅鹏图引思

鹏志越山顶上亮，回归云海忆沧桑。

残阳挽夕启诗路，余暇巡晨升画堂。

尔展汪洋品晚景，吾游巨浪享霞光。

问君留影照何处？白发修文最漫长。

2018 年 5 月于武汉

神农架

绝佳避暑神农架，瀑布自然桥下花。

金燕离奇告别海，野人疑惑失天涯。

销魂雾气漫清屋，飘逸云光晃爽家。

炎帝镇山山有迷，神风洗夏夏无瑕。

2021 年 7 月于神农架

学友聚重阳

一

九九重阳岁不重，同窗情谊比情浓。
挥间白发今欢聚，弹指青丝曾热拥。
少壮不知日照贵，老苍才识月流空。
人生苦短倍珍惜，笑看天年心似童。

二

回顾重阳再聚餐，多年愿望日光穿。
茶言依旧添思念，酒话翻新引溯源。
学友追随原学友，同窗维系老同窗。
明知岁月难留住，愿陪秋风扫叶黄。

2018 年 9 月于武汉

旅　游

常梦旅游环地球，自驾自乐最心悠。

纵横原野追云越，越过山川赏水流。

足上长城称好汉，眼收大海放轻鸥。

天涯海角经风浪，浪得诗图著内留。

2018 年 5 月于武汉

龟峰山

——夏游麻城杜鹃景区

杜鹃花季后，避暑上龟峰。

迎面风丝爽，当头云彩浓。

攀山行雾里，登顶跨空中。

高览麻城景，遐思鹃放容。

2017 年 7 月于麻城

月季花

重复开花旷日久，循年跨月不知愁。

春天俯首心中乐，夏日昂头脸上羞。

迎面秋风陪菊展，披身冬雪任梅牛。

百花齐放难寻影，缝里插针志不休。

2020 年 5 月于武汉

贺惊雷

——孙女瑞雨回国有感

敲窗鸟语报春归，瑞雨清风活力回。

花醒竞苞重彩舞，翅张比翼又高飞。

倾巢白鸽追云美，解体残冰落地辉。

谁举今朝辞夜酒，欲为来日贺惊雷。

2021 年 4 月于武汉

油菜花

——消泗①油菜开花节

油菜花开消泗美，似金一片染田园。

浪波访客摇大海，云绕游人荡小舟。

尽享春初经典节，更期夏日盛丰年。

清香催熟醉眠梦，梦里飞鲜艳满天。

① 消泗指武汉市蔡甸区消泗乡。

2012 年 3 月于武汉消泗

洛阳牡丹

洛阳四月牡丹花，豪引人流景倍加。

亭外盛开飞彩舞，园中怒放展光华。

天香鲜艳艳大气，国态雍容容最佳。

抓拍瞬间花丛笑，青春永驻似晨霞。

2015 年 4 月于洛阳

孤　情

——念魏学友[①]

已盼月圆五个秋，却牵白发上青头。

星忧无趣含羞掩，云苦有怀忍念收。

唯剩孤情长夜伫，难离众意满天搜。

问声闪别何时返？最是单思怕久留。

① 同班同学魏华民离家出走五周年。

2020 年 10 月于武汉

意中人

苍天望断意中人，四海为家白首勤。

夜读诗书理百事，日寻词道忆千春。

重山叠叠蜀难迹，一水依依江痛痕。

牵起龟蛇黄鹤恋，眼眉深处隐艰辛。

2023 年 7 月于神农架

闲 思

一

力搏江湖势已透，身拼市场志谁酬？

风云四季酷寒品，雷雨三更风暴忧。

无数家书飞往昔，多张相片忆春秋。

翻腾往事常来梦，唯有人生不倒流。

二

雷电闪光耀眼短，长云舞雨失天间。

曾经偶尔风流激，现剩无穷惬意闲。

月缺月圆都是夜，花开花落总相连。

细书白发根根数，一页轻翻千万天。

2020 年 12 月于武汉

陪　护

—— 老伴住院感

伴医住院陪相守，多见病床牵白头。

老影护针针不痛，皱纹埋药药方悠。

星悬伴夜思光累，月到弯腰悟背勾。

更觉江奔千里去，何曾指望再回流。

2018 年 5 月于武汉

老来俏

人生难得老来俏，爱戏黄昏风雨和。

闪电只当雷演舞，狂风且可树欢歌。

雨浇雨泼开心浴，云滚云涛养眼波。

欲借九天享耄耋，余光乘月逛星河。

2021 年 8 月于武汉

战疫情

一

候鸟元宵宅海旁，疫云隐月几时还？

含腔热血满咽叹，摆袖清风寄语牵。

归梦朝朝送客挽，离骚暮暮陪人眠。

欲穷大地瘟神尽，再返回程光彩间。

二

人宅海滨心在汉，横眉冠毒虐中原。

封城酌曲洗幽恨，守屋酗歌挽疫冤。

"雷院""火神"①救命匠，白衣天使献丝蚕。

九州复绵箫声起，庆幸军民总动员。

① 指武汉方舱医院。

2020 年 2 月于北海

成人寄语

——孙女瑞雨十八

瑞雨成人今十八，有滋有味一枝花。

经风练雨润春色，破雾追云添才华。

几渡重洋搏浪激，频书文海考分佳。

征程万里刚开步，谦慎人生绘彩霞。

2019 年 4 月于武汉

盼雨归

——瑞雨报归

无奈彩云飞，天天盼雨归。

星光远闪去，月色近圆回。

一叶寻根起，双枝舞树挥。

喜闻微信报，胜似响春雷。

2020 年 8 月于武汉

黄果树

飞瀑奔流黄果树，展帘隐洞雾浓浓。

浓欢震谷回声乐，乐享吊桥摇步功。

太美难催八戒走，过奇易使悟空雄。

千年传载西游记，赏景当真现实中。

1995 年 7 月于黄果树

冬飞俄罗斯

冬日飞俄雅兴足，一飘千里似神舟。

俯溜大地冰欢眼，仰享蓝天云枕头。

无数雪峰连白浪，零星雾漫撒丝绸。

自然绽放空中海，俄曲暖音无限悠。

2018 年 3 月于俄罗斯

北海度冬

冬度南疆北部湾，目收春色映汪洋。

银滩撒岸白沙浩，北海波花绿浪芳。

一条老街回味理，满城珠市售珍藏。

涠洲①赏尽火山景，只怕逍遥难返乡。

① 著名景地涠洲岛。

2020 年 2 月于北海

龙王庙

降龙立庙两江间，记忆波涛刻岸怜。

往日遇洪谈色变，现今平浪写苍迁。

堤墙阔阔挡初怨，车道宽宽改旧缘。

此处风光多故事，路人谱曲唱新篇。

2023 年 5 月于武汉

山水醉①

一

长流天地间，山水醉无眠。

源似白云里，飞来曲线牵。

二

一舟江上颠，弯尽浪无眠。

鸟伴白云里，醉人山水间。

①为朱心裕大哥两幅画题诗。

2020 年 2 月于北海

老友情

——老友汉阳叙

四手难分老友情，千言欲吐却无声。
相追记忆目寻目，疑是时光此刻停。

2015 年 8 月于汉阳

江城地铁

穿越两江唱四岸，百湖腹下尽高歌。
舞姿一扭美三镇，地上无声韵网络。

2018 年 9 月于武汉

闹 春

群鸟闹春归，千姿百态回。

摇枝舞绿彩，展叶唱新菲。

点点点晨露，兢兢兢早雷。

漫天交响曲，充耳叫人醉。

2012 年 3 月于武汉

迷

痴迷平仄韵佳话，格律点睛文采华。

抓拍瞬间云绣阁，顿开灵感笔生花。

曾经偶赋闲初志，现伴长吟度晚霞。

挥别人间百态戏，唯留诗兴爽孤家。

2018 年 10 月于武汉

不老尊

——赞朱老学画

学画只图耄耋春，风光笔下染精神。

山清水秀力求美，花艳枝仙更为真。

一本心书不眠夜，数张手稿醒清晨。

朱家世代添砖瓦，有感言诗不老尊。

2020 年 10 月于武汉

大聚会

眷顾大年大聚会，力图老少总相随。

嫡亲投怀奔牛抱，骨肉归心驷马追。

一壶清茶醒雾散，三杯浓酒醉云回。

星流月缺空天地，难忘夕阳红晚晖。

2013 年 1 月于武汉

图老志

——赞赵老师四幅画

松挺黄山云势扬，万千滚滚放银光。

无声浪起高歌猛，胜似音中韵断肠。

人老墨浓图老志，发苍笔锐画沧桑。

谁知耄耋皱纹里，藏有好文多少箱？

2018 年 12 月于武汉

无　题

突遇滚云雷电急，瞬间天舞地昏迷。

风摇孤树号言少，雨打独苗流泪稀。

骨肉分离刻骨苦，亲人失散想亲凄。

成堆干草随风去，落叶单飘何惧西。

2016 年 7 月于武汉

背　影

头顶树中月，难分谁最牛。

似枝合力起，弯杆不甘休。

望日落山尽，赏霞升彩流。

相知两背影，品味美悠悠。

2018 年 8 月于武汉

第一课

老来回忆爱童年，背上书包品步鲜。

兴奋初时坐不稳，茫然当夜睡难眠。

师音句句妙言起，学语纷纷神悟间。

智慧人生第一课，启蒙知识刻心田。

2019 年 9 月于武汉

天 池

——赏长白山天池

长白举天池，无波似镜潭。

山云上下映，风雨互相安。

雪止冰缠路，泉来溪绕园。

攀登脚下醉，至顶赛神仙。

2003 年 3 月于长春

童志趣

想起小时候，扪心笑白头。

开裆敢立事，拐杖却留羞。

嫩嫩誓无酒，苍苍志未酬。

童年豪迈语，只是趣千秋。

2018 年 12 月于武汉

家

情感似田园，根缘承万千。

青枝爱绿叶，瓜果谢花鲜。

景秀光阴亮，人欣岁月甜。

栉风沐雨后，享受港湾间。

2017 年 5 月于武汉

摇篮曲

摇摇摇起浪，晃晃晃秋千。

笑笑笑新脸，篮篮篮里眠。

酸酸酸母背，累累累娘肩。

夜夜夜心曲，声声声韵甜。

2002 年 2 月于武汉

贺姻缘

爱情路上品长途，一笑嫣然幸福收。

辣女熬来麟杰①屋，翚郎等到宪平②楼。

高歌爽语心方秀，沉佛香经志未休。

并驾齐驱千里马，相濡以沫信天游。

① 侄儿朱麟杰。
② 侄媳曾宪平。

2018 年 5 月于武汉

清　明

——学杜牧添七律

清明时节雨纷纷，扫墓人群欲断魂。

敬拜先灵坟上跪，子孙无语胜言深。

追思默默忆亲影，怀念沉沉想遗文。

祭后聚餐品老酒，味浓还是杏花村。

2018 年 4 月于汉阳

回忆录

惊涛骇浪初生闯，虎尾春冰不惑蹚。
过眼烟云白发数，粗茶淡饭老年尝。
浮光掠影匆匆过，书剑飘零默默扛。
海北天南回忆录，千言万语写衷肠。

2006 年 2 月于汉阳

别

瞬间暴雪江城卷，毕业同窗送别难。
耳贯狂风吼断路，眼飞波浪泪伤天。
恨车缓缓扯心苦，怕站离离分手寒。
铭记当年刻骨景，至今回味冒苍烟。

2003 年 3 月于武昌

启 航

大连初恋海，群起赶晨光。

恐后失颜面，争先放眼量。

行沙似故里，品浪醉他乡。

悟醒远帆下，人生当启航。

1971 年 5 月于大连

探 春

千亩清香绿色汇，一方故里探春晖。

晨秧慢舞开光起，早稻轻波摇雾回。

放眼白云像海市，扬眉异彩似田闺。

赏苗浮想丰收景，喜笑颜开谷满堆。

2005 年 4 月于汉阳

追　思

刻骨追思欲泪滴，一年一度一周期。

忆恩似海浪汹涌，大爱无疆享目迷。

遐想升空天上美，默哀落地土中凄。

阴阳隔起人间念，万语难言分外奇。

2022 年 4 月于汉阳

中秋合欢

——和友邦民

秋奔迎月晖，四处庆圆回。

为品杯中酒，天涯海角归。

2019 年 8 月于汉口

神峯山庄

——两日游感

大别神峯一美庄，有机蔬菜乐田园。

丰收篝火尽情舞，富裕山歌高调喧。

满耳奇闻改旧貌，亲身妙赏换新颜。

美餐盛景温泉浴，疑似旅游云彩间。

2017 年 6 月于大别山下

高　温

高温酷暑叫人愁，无赖冰川滚泪流。

海水频频漫泽国，臭氧浑浑锁云楼。

求真无脸诉天宇，务实有心问地球。

希望家园何处是？森林空调梦中悠。

2021 年 8 月于黄梅望江村

暴　雨

黑云滚滚舞雷吼，但叫人间闹自愁。

浪水浊波冲岸去，山洪乱泥漫村头。

青青忆返故天地，绿绿梦回今日洲。

暴雨千鞭打不醒，唯将痛苦自然收。

2021 年 8 月于黄梅望江村

门　缝

耳闻一线风，眼见扁头光。

门缝脑思准，井中心意长。

虽知求学苦，不怕闹科慌。

世界九天外，银河尽翱翔。

2022 年 4 月于武汉

端 午

离骚一曲千年唱，艾叶青浓韵屈原。

觉醒雄黄图志士，悟明端午祭真仙。

天空日月哀音挽，山水江湖蜡炬禅。

闻道露华薪火味，九州春满柳飞烟。

2019 年 6 月于武汉

芦花赞

放眼芦花气势宏，掀天染地两江风。

回归黄鹤九头鸟，重塑龟蛇三镇龙。

四岸溶溶摇絮浪，百湖静静映蒹踪。

今开万里苇葭荡，明展英姿景更雄。

2018 年 11 月于武昌江滩

梦红旗渠

红旗渠飘彩带梦，高悬险峻尽悠然。
曾经沧海难为水，现润金山流绿泉。
日月天天照地变，风云夜夜伴星归。
长河波浪雄狮醒，奇迹叮咚华夏源。

2017 年 10 月于汉口

麻　将

麻将外交老不闲，以娱相聚赛童年。
曾经故友戏言乐，偶遇新朋笑语喧。
妙点自然出怪果，奇招意外获孤烟。
谁知手气哪天好？只把输赢当结缘。

2021 年 11 月于汉口

祭战鹰

——赏刘邦民颂石门峰空军烈士墓现代诗有感

祭文现代诗歌颂，英烈灵魂耀石门。

妙笔生辉秋树叶，感言激活战鹰云。

蔚蓝曾舞担当曲，碧绿将芬不朽春。

一瓣书香欲滴翠，万般天下物华新。

2018 年 4 月于汉口

叶

冬风扫叶满枝空，醒绿依春逐渐浓。

夏挡强光守树影，秋摇枯色落根踪。

一生相伴百花艳，来世欲穷千果红。

同祖无争从不怨，自然反复郁葱葱。

2023 年 5 月于汉口

赞幽草诗词研究会

幽草律风温柔舞，灵氛格调润新书。
推波起对仗音曲，摇画铺平仄韵图。
默默构思文感想，沉沉斟酌刻工夫。
不安寂寞诗词咏，返老还童人世初。

2023 年 4 月于汉口

春　雪

春雪徘徊难久待，仍然执着释心怀。
力帮大地群生息，更促人间柳眼开。

2023 年 3 月于汉口

水调歌头·耀华夏

谁耀我华夏，建国画明天。点睛改革龙眼，开放图新年。唤醒雄狮何去？重塑神州玉宇，用绿裱青蓝。

描海带起舞，绘陆路相牵。复兴路，尽特色，好深玄。核心导航，冲出云雾梦开颜。为梦高风亮节，追梦安邦兴国，代代不清闲。回首品丰庆，红日正人间。

2013 年 9 月于汉口

临江仙·赞

——老师临画胡杨赞武汉

临画胡杨赞武汉，身经战疫硝烟。封城不屈过大年。激情斗士，毅守在家园。

完胜树神奇迹传，英雄傲视哀怜。白衣天使展华鲜。江湖秋色，收获乐人间。

2021 年 4 月于汉口

沁园春·毕业情

五十春秋，毕业情怀，仍撒夕晖。映延安色彩，校风军律，汉阳诗画，志趣青垂。和谐师生，弟兄姐妹，胜似亲生好蜜闺。流芳尽，赏皱纹白发，更惜须眉。

学缘逐日增辉。又岂料成双比翅飞。幸眼明体健，吾吟尔唱，淡忘人老，全无心灰。庆在当今，恰逢建院，盼月湖牵手再归。随思起，忆同窗旧事，叙酒千杯。

2022 年 3 月于汉阳

忆秦娥·迎新年

迎新年，夕阳北海花翩跹。花翩跹，吉祥候鸟，舞美歌甜。

银滩飞色惊天颜，飘来神韵兴人间。兴人间，晚霞似锦，岁月流连。

2019 年 2 月于北海

凤箫吟·菊

暑中来，初寒相送，开花尽显深秋。集夏阳酷热，点燃俏俊，潇洒村头。田前田莈后，围塘周，尽自悠悠。洁白多纯黄，主持一季风流。

清幽。丰收时节，深情在，陪伴娇柔。天空云荡漾，月尖星浪漫，有志难休。催香新稻谷，喜灵魂，诚挚追求。朵萎结，参茶拌药，去火消忧。

2012 年 11 月于汉口

南乡子·送梅

春雨送寒梅，感动残冰滴泪飞。难忘雪花相伴日，垂垂，卸下芬芳岁月催。

秋夏不追随，回忆容颜独自菲。品味孤单留守季，书眉，期待新装冬再归。

2013 年 3 月于汉口

浪淘沙·漂

旧浪伴新眠，如醉苍烟。颠簸疲惫使人寒。船上虽知船下激，借睡漂闲。

寂寞爱流连，唯静相牵。梦时容易醒时难。已是夜中回忆日，何必纠缠。

2000 年 11 月于武昌

卜算子·惠农

春意暖来风，化雨时难静。拣尽寒枝冒嫩头，绿满乡村影。

良策脱贫心，解困皆精准。人美家甜貌换新，弹小康神韵。

2018 年 3 月于汉阳

归田乐·读柳

默读湖边柳,水照头、影书波抖。字里行间走。巧然一道题,万字文透。校色逢春学争秀。

悠枝不别扭。悟性爽、随风光撩逗。浪丝漫漫,含蓄难留守。朗声诵激发,扪心重揍。唯有柳中智长久。

1967 年 6 月于汉阳

留春令·尽思意

夕阳牵手,梦回霜醒,一湖云水。日月撑天彩霞书,写神往、青春事。

黑白相间稀发倚。品长河千里。离聚烟消酒杯中,尽思意、心含泪。

2020 年 10 月于汉口

永遇乐·库泳

高峡藏湖，彩云缠顶，惊断烟柳。早夏清风，晶珠水滚，闪血阳晨秀。欢歌登坝，欣然戏泳，正值浪花求友。看谁明、青峰波碧，曾干渴几多斗？

掀坡采石，开山平路，志在凌空远走。背托肩挑，东光西落，大雪冬寒透。迎难知进，千方百计，福祉后生永久。可知否、大川谷陡，库游独诱。

1983 年 8 月于江津

满江红·倔

回首难休，惊醒梦、风云聚合。多往事、浪涛波起，纵横莫测。四季轮番年月失，三秋过后风寒恶。白发倔、越老越精神，回光泽。

诗江上，乘昔鹤。词海里，寻仙鸽。满湖情渗透，欲思深刻。霜厚沉沉书意醉，雾重漫漫文心色。黄昏晖、余暇正当空，人生涉。

2020 年 3 月于汉口

西江月·避暑望江村

赏月穿云飘彩，听风摇树开怀。望江村客远方来，收获
蝉音满寨。

问讯溪歌长凯，为何清籁徘徊？只因避暑太悠哉，白发
童心感慨。

2020 年 8 月于黄梅望江村

望远行·芦花荡

秋烟漫雾，芦花荡、壮景呼风云里。美归黄鹤，唤醒龟蛇，
丽影直连天地。似雪推波，掀起一轮龙舞，腾骋展姿惊喜。
势无穷、重振新华世纪。

罗绮，悠柔染霜絮羽，跃岸踊、唯兼神技。早沐旭光，
复然苇俊，当午再挥生气。征上无边霞彩，千枝摇浪，胜过
春光情意。放眼深深处，绒绒珍惜。

2018 年 11 月于武昌江滩

容新白话诗词

第三辑

织境容新惬意妙
御程趋步激情高

诗 憾

早知有诗篇，何必等今天。

眷恋冲秋月，隔岸写孤年。

白须度沁圆，难止相望眼。

同皱额头纹，憾丝银光牵。

2009 年 9 月于汉阳

醉云归

为谁彩云飞，只知心天醉。

夜心何时眠？月难成圆回。

可求情中人，不做意风魁。

一日踩云走，愿成雨泪归。

2010 年 10 月于汉阳

星 云

月明失云夜，问云何处歇。

云倦风雨追，蹉跎无岁月。

天地催云生，闪云雷电回。

悠然彩云飘，飒爽无忘归。

2009 年 10 月于汉阳

涩

摇曳隐闺房，蹭蹬树枝弹。

不是月无意，何怪天色淡。

2017 年 9 月于汉阳

塔草

古塔生嫩草，暗斗风雨号。

秋冬慢隐身，春夏先翠娇。

卧寺百花笑，只求绿色早。

岁月多无痕，天淡云水遥。

2010 年 3 月于汉口

梦乐

直面风浪横把航，头顶灾难脚踩缆。

舍得生生多付出，含辛含苦视平凡。

遭遇礁石愁避让，冲破暗流喜奋强。

重归梦境寻快活，知足知乐识海涵。

2008 年 5 月于汉口

理　悟

低调容易谐音，浪尖涌现精英。

少语万里无云，多言湖面踏冰。

朋友可分旧新，细嚼品味真金。

竞争显出高矮，日久方见人心。

1979 年 10 月于江津

问　天

中山南陵峰冲天，飞舞长城云相连。

振臂环抱碧空尽，留足希望慰人间。

伸手抚摸宇宙边，胸中装满月亮圆。

问声太阳有几高，群星回响浩深渊。

2007 年 8 月于汉口

心　慰

风丝扯心田，滴水生万千。

缠绵回归思，从未停方年。

揉云多少愿，挽霞写新篇。

留露百须时，霜盼在人间。

2009 年 10 月于汉阳

感　悟

感觉瞬时悟漫长，困惑思路最迷茫。

醍醐灌顶一块砖，日积月累明白墙。

电光石火易闪亮，有限生命长苦短。

舵眼无奈暂夜时，笑对人世心海洋。

2010 年 8 月于汉阳

唱神州

夜明月当头，映泉惊海洲。

七曲圆梦舞，绽放神龙舟。

霜露沐星足，漫步太空走。

九天婵娟情，华夏展回收。

2019 年 8 月于汉口

树大招风

叶茂衬枝繁，无风托青伞。

不知静天深，何处飘雾茫？

树大皮膨胀，沾亲多少光。

招惹坐影人，心欲难设防。

2015 年 5 月于汉口

最　浪

江浪涛月醉彷徨，圆月年年八月赏。

无穷赏客谁知己，风霜雪雨最断肠。

江月何时催人忙，江水处处隐波浪。

不知波浪翻多高，浪花丛中最心扬。

2018 年 8 月于汉口

敢为天下先

登山迎日出，满眼春曙光。

下海吻早潮，冲耳震晨浪。

嫩草争明辉，只身绿充芳。

一梅闯寒冬，百花春感叹。

1970 年 3 月于大连

念细柳

溪水柳倒行，颤波文采锦。

拉住分开手，合拢树成荫。

含蓄枝叶明，遮盖初恋心。

静听羞浪语，回声戏柳情。

1968 年 6 月于汉阳

梦

——江湖生梦

江波醉心动，奇涛幻想龙。

翻浪多少里，回乘几时风。

湖纹笑重云，摇影惹人困。

枕镜相照谁，迎逝记忆容。

1969 年 10 月于汉阳

寻初梦

——童梦的记忆

初梦何处找，击水瓦片漂。

幻想划开波，串起寓思早。

丝丝撒种风，抚摸摇篮觉。

漫漫洒雨月，嫩叶赛鲜草。

1970 年 2 月于汉阳

梦 云

——思索梦中的云彩

明月失云夜，云思何处歇。

倦云风雨追，蹉跎无岁月。

天地催云生，梦云闪电回。

悠然彩云飘，飒爽勿忘归。

1971 年 6 月于大连

秋夜梦

——深秋思梦

晚秋蕴冬景，无风寒丝淋。

枯叶寻根落，难念暮树春。

思梦天星空，更盼圆月明。

独翅避孤巢，知夜翻覆轻。

1970 年 10 月于大连

醉 云

——天醉飘云梦

为谁彩云飞，只知心天醉。

夜星何时眠，月难成圆回。

可求情中人，不做意风魁。

一日踩云走，愿成雨泪归。

1970 年 9 月于大连

追 梦

——梦里追根人

天涯追梦人，海角逢新春。

幸运一天乐，奏响四季风。

感化冰封林，清爽酷热魂。

心动思何处，落叶寻归根。

1970 年 8 月于大连

窗 幻

——依窗思梦

依窗眠思索，蹉跎迷神多。

驾雾傲叠嶂，露词霜诗歌。

梦饮起伏事，浮渴涟银河。

寂寞吻日月，不枉此生责。

1970 年 5 月于大连

玩 梦

——梦中情怀

春风思梦艳七彩，金秋穗滚浪果开。
夏游蓝天一丝云，雪冬搓花遍地白。
泉波蝌蚪戏橹摆，虾玩小溪撩童爱。
黄河鲤鱼跳龙门，中华鲟江千里怀。

1980 年 10 月于江津

候鸟梦

——醉飞人生梦

候鸟鸣梦公鸡嘴，醒翅飞过山环山。
偶赏外滩崇明岛，最迷百湖江连江。
穿越四季年年忙，只因迁途思故乡。
鹏程万里回归零，落尽羽毛心未寒。

1971 年 4 月于大连

江月梦

——江涛醉月伤心梦

江浪醉月摇彷徨，圆月年年八月赏。

无穷赏客谁知己，秋风秋雨最断肠。

江月乘浪催思想，江水处处掀波浪。

不知波浪翻多高，浪花丛中梦心伤。

2009 年 8 月于汉阳

醉 梦

——黄昏余晖梦

夕阳残云势已远，黄昏余彩谁厌倦。

区区折射梦断魂，浮起天外心诗愿。

八分酒量七层旋，老泪春秋也眷念。

点点冬夏风雨事，醉词何夜思成篇。

2010 年 9 月于汉阳

梦玫瑰

——天长地久，我最爱你

牛郎织女天路回，难圆梦中长玫瑰。

热恋风雨地开花，惹出蝴蝶久未归。

茫入情海我已醉，留住缘分最珍贵。

邂逅执着爱不悔，今生只为你相随。

2010 年 10 月于汉阳

归叶难回

——鹦鹉回归汉阳树

一生相依汉阳树，老少全饮汉江水。

朝暮岁岁四季风，叶青叶黄叶根归。

长年学舌鹦鹉曲，日月起落琴台会。

今古悠悠知音岛，声高声低声难回。

2009 年 11 月于汉阳

思 音

——眷念今生情

窈窕淑女含羞草，无怨无悔尽操劳。

伺候老少贤惠纹，飘起白发扬歌豪。

唱回多少登记照，张张铭刻鸡鸣早。

唤醒老伴长相思，眷念今生坎坷道。

2009 年 10 月于汉阳

启蒙课

——瑞雨上学

天真吻别幼儿园，烂漫背上新书包。

茫然离开大人手，神秘探进小学校。

揣摩教室怀抱梦，编织老师启蒙照。

智慧人生第一课，首航知识扬帆道。

2007 年 9 月于汉阳

天涯海角

——向往海南

沙滩无边天涯知，海角有尽万年石。
比寿南山一老松，三亚椰产世界汁。
滋润博鳌论坛花，丰收特色美果实。
奉送嫦娥腾飞图，描绘奔月新优势。

2018 年 8 月于汉口

梦想渠

——南水北调

昨辟华夏丝绸路，今谱长城新舞曲。
西调讴歌雪山水，东改江河回头剧。
五指弹活琵琶弦，七符串联梦想渠。
南挽高峡出平湖，北灌清泉黄土绿。

2019 年 10 月于武汉

恋溪柳

——溪柳圆恋情

小溪伴柳影，波纹牵丝巾。

拉住难分手，合拢爱成形。

含蓄枝叶明，遮盖初恋心。

谁隐羞浪语，无声戏水情。

1969 年 9 月于汉阳

成人情

——初次登山赶海

登山恋日出，满眼爱曙光。

赶海亲早潮，渴望吻晨浪。

嫩草争明晖，身小绿充芳。

一梅闯寒冬，百花春感叹。

1970 年 4 月于大连

历史舰

——纪念中山舰

长江水连天，缅怀中山舰。

涛涌民族恨，浪打历史剑。

江夏云彩魂，英烈壮舞篇。

翻腾统一梦，峥嵘复兴愿。

2018 年 6 月于江夏

新月湖

——月湖改造有感

新湖送秋月，台院映水中。

一曲音乐厅，多舞悬半空。

曾是知音岛，今回古人梦。

激光雕塑琴，触摸声无穷。

2012 年 8 月于汉阳

初 志

——人小志大

窗叶透曙光，童影书桌忙。

纸上画小溪，初志奔海江。

醒露闪家园，笔波描东方。

撒下金色水，期望涛大浪。

1970 年 4 月于大连

转弯口

——留恋童时的家

童趣转弯口，小巷暖心头。

开裆玩白发，家事影相留。

潇洒青春痘，年年有分手。

岁岁添皱纹，何处寻儿友。

2019 年 5 月于汉口

人生道

——几句成语感悟

惊涛骇浪人，粗衣淡饭清。

摧枯拉朽势，后生可畏幸。

踩虎尾春冰，蹚过眼烟云。

相海北天南，回书剑飘零。

2013 年 6 月于汉口

草人铃

——田铃魅力

细听风打稻谷声，传来草人摇田铃。

麻雀贪婪试身手，难越执着守护神。

无奈鸟语空叹息，强忍饥饿飞树林。

不任稻香飘多远，闻后只能相互鸣。

2012 年 7 月于汉阳

月湖缘

——月藏姻缘

鹦鹉爱学舌，啼笑琴台歌。
效仿姻缘石，击水送秋波。
弦上知音客，领曲树下躲。
不惧夜鸣鸟，就怕月光多。

1969 年 9 月于汉阳

乡 情

——春秋乡情

春动乡情雷雨早，洗净朦胧芬芳娇。
任凭新色染纵横，村烟梳发头上绕。
秋风惊醒故里鸟，飞别落叶剩孤巢。
难得天高爽一会，两翼奋起冲云霄。

2018 年 10 月于汉阳

荡纤夫

——三峡老纤夫

脚陷滩头坎坷深，号声回响云雾浓。

悠悠一线纤绳荡，穿季越谷熬到冬。

惊雷无处不奔风，收帆难平骇浪滚。

险舟摇江无奈时，祈祷三峡神女峰。

1969 年 9 月于宜昌

电 脑

——人类智慧结晶

巧指键盘领风骚，妙手鼠标调戏猫。

方寸屏幕大世界，人类智慧聚电脑。

千里信息点击间，万道难题解分秒。

宇宙深处无穷星，收录掌心辨丝毫。

2020 年 3 月于北海

草

——点滴精神

衬托春花来，陪伴秋叶去。

不求艳之娇，岁岁相延续。

夏愿大地青，冬甘自己枯。

一生牛羊食，代代为人绿。

2018 年 10 月于汉阳

望 乡

——穿透故水乡秋

旭日穿故水，夕阳透江城。

浪花晨光开，波谷晚霞分。

明月思乡秋，弯缺圆家人。

赏尽添白发，望断花眼睛。

2009 年 12 月于汉阳

插 梅

——另类情怀

告别树上给养，任由千枝百断。

失去雪花伴舞，插在瓶中独放。

离开群艳芬芳，守住寂寞孤单。

保留故乡情怀，洒尽全部寒香。

2021 年 1 月于汉口

祈丰年

——乡农情趣

谷浪悠悠稻花灵，悄然飘香开晨云。

风送仙气醒大地，露珠点点献殷勤。

乡农朝朝提精神，挑尽夜灯辛劳运。

祈愿来日照丰年，欣慰暮暮奔忙星。

1985 年 8 月于汉阳

故乡楼

——有感崔颢"黄鹤楼"

一楼空叹黄鹤去，两江含泪古来泣。

三镇鼎立默长烟，四岸怜悯鹦鹉啼。

十里风尘昔人影，百湖牵帆苦求觅。

千年登眺写沧桑，万言难胜崔颢题。

2016 年 6 月于武昌

亮晚节

——白发欲圆少志梦

秋风秋雨落秋叶，似飞满地金蝴蝶。

林草不甘掩埋尽，见缝插针亮晚节。

秋乡秋月影秋水，含梦少志欲揽月。

惊醒白发乘夕阳，珍惜黄昏从头越。

2018 年 11 月于汉阳

今古江貌

——有感两江变迁

两江相聚增浪掀，冲起石纹刻深浅。
龙王忧郁长脾气，自古闹来无庙眠。
天架彩虹桥逢缘，舒畅鹦鹉四官殿。
黄鹤后悔飞昔日，嫉妒龟蛇水缠绵。

2019 年 8 月于汉口

江 情

——享受漂游情趣

享尽两江荡漾水，方知惊涛骇浪随。
送岸漂游品刺激，一波轻推胜过飞。
头顶白云叫人醉，为何多情天上陪。
不约而同赛执着，只因江风相互追。

1968 年 8 月于武昌

桥

——桥乡感桥

百桥撒彩带，三镇笑开怀。

望水曾兴叹，今朝天路来。

彩虹挂发钗，大道横江抬。

远眺蚂蚁队，近观汽车排。

2022 年 8 月于汉口

梦 声

——梦幻乡音赛啼鸣

夏蛙夜曲催眠村，知了蝉联土房梦。

回放归鸟啼春时，乡音齐奏满耳铃。

雷过雨后风声纯，抚摸青瓦屋宁静。

感动雄鸡鸣天晓，田苗演播胜精灵。

2012 年 9 月于汉阳

情未了

——故乡莫逆情

树枝领风骚，缠根地下绕。

绿叶托鲜花，相艳陪到老。

故乡谁妖娆，旧人情未了。

黑发飘四海，白头思回潮。

2016 年 7 月于汉口

回　味

——记住美好时光

人生芳草灵犀多，枯黄时节不寂寞。

辗转风雪心动曲，呼啸素描创意歌。

乡拍菊花俏秋色，点缀光阴快如梭。

珍藏瞬间傲然志，入目深处显气魄。

2022 年 11 月于武昌

七律·洛阳聚会

洛阳聚会牡丹家，品尽天香国态花。

满市盛开飘彩舞，一园傲立放长华。

曾经上海书情水，现泡江城诗意茶。

白发饮思飞展望，晚云穿月似晨霞。

2023 年 5 月于武汉

七律·鹰台神韵

——庆《鹰台诗词》百期

雄鹰神韵展诗台，四面精英聚楚才。

湖上文风掀绽放，江中诵浪舞盛开。

书刊历历百期颂，格律深深永世怀。

喜赏荷花映国粹，九州重亮古金钗。

2023 年 7 月于神农架

水调歌头·含梦

羞月送晚晴，阴雨撒渺茫。时飘闲风追云，难得见宫嫦。举头游东照西，平色自顾青天，遂愿向何方？多少不眠夜，祈望共月光。

流星过，汗水逝，淌长江。波浪多情，掀起牵挂几世响。少年含梦揽月，老大听涛夕阳，空岁写衷肠。卧谱圆明曲，立唱变月窗。

2008 年 11 月于汉口

江城子·醒

朦朦胧胧寂车行，沉闷路，无言靖。天云疏淡，浮印几重门。报数方知游丝贵，惜漂去，晚伤情。

迷迷茫茫难见影。思亲朋，寄月星。辗南转北，呼唤沉睡人。莫道夕阳空逝去，润墨纸，奋笔灵。

2007 年 10 月于武昌

浪淘沙·漂

　　人生泛海水，风浪充沛。颠簸断肠南北纬。不知不觉半入睡，摇摇几醉？

　　疲航忍心回，敛云烟霏。一刻晚丝胜金岁。舵正毫厘万里归，夕阳知会。

2012 年 4 月于汉口

沁园春·梦江南

　　江南似锦，田园如画，山清水秀。洞庭浪绿绉，延绵村都；桥坝联手，长江让路。三峡平湖，川谷通途，丽比蓝天映白鸥。逢春雨，润百花争艳美不胜收。

　　华夏魅力多诱，适改革开放创新图。建深圳大市，信息高速；东方明珠，耀眼娇柔。香港紫荆，澳门莲花，翡翠缤纷归九州。盼白露，望台海圆月梦回中秋。

2017 年 11 月于汉口

西江月·爱的进化

月圆月月十五，中秋年年一夜。任由嫦娥故事多，难与现实对接。

孟姜女哭长城，梁祝爱成蝴蝶。牛郎织女谁能比，闪婚网恋情绝。

2013 年 8 月于汉口

渔家傲·斗智

黑白相间博弈寒，指摇胜负风雨浪。穿云朔雾谁迷茫？盘衷肠，记忆棋局大悲欢。

乘坐经济市场船，手控信息数据桨。沉浮商海多少帆？梦血汗，流淌现实成败感。

2015 年 12 月于汉口

行香子·人梯

鸟为谁飞？寂寞伴随。翅插林，枝眠叶睡。月前奔归，歇月心慰。云烟缭绕，梦中笑，梦后追。

花开香飘，蝴蝶寻味，采蕊粉，巧用来回。成对成双，甘当红媒。望熟瓜果，待丰收，先隐退。

2013 年 6 月于汉口

摊破浣溪沙·同窗情

同窗拨弦搅知音，多段诗词一妙萦。今朝琴台欲滴波，月湖行。

似曾相识相逢灵，默然学时凝望亭。难忘楚天烟雨地，汉水情。

1966 年 8 月于汉阳

巫山一段云·三峡梦

夹峙长江激，穿航待晨黎。秀山挤船竞千峰，梦见神女迷。
颠簸逝水去，天烟相接意。不知三峡将平湖，深醉慷慨壁。

1979 年 9 月于江津

忆江南

满水碧，天高玉云淡。波舟阔浪舒荡漾，卧枕东湖似海洋。
立船胜港湾。

尽水香，梅花唤樱扬。荷苞连心阔叶宽，天下名花东湖藏。
牡丹赛洛阳。

2013 年 4 月于东湖

浪淘沙漫·雪霜恋

　　浮霜，浪淘沙漫漫，四滩尽染。吻醒江鸥，展翅迎抱，白云下凡。恰晨明，一乍破晓光。眼向东，眉牵丝愿，头朝阳，脚沾纯缦，心眷雾茫茫。

　　雪梦，饱尝清新，冲透感叹，为己洗穿衷肠。几番梅恋花，遮盖尘埃土，冰冻芬芳。深情吸进，呼出圣洁语，陶醉冬寒。

2003 年 12 月于武昌

喜迁莺·首义广场

　　古奔蹄丧，楚王阅马场，沉哀难泱。今展辛亥，首义红楼，起义怒火锋芒。点燃千年悲歌，烧毁封建帝皇。三烈士[①]，英武洒义血，漫彭刘杨。

　　中山，铜人像，精神新塑，更显大开放。立纪念碑，建博物馆，继承遗志路长。改革阵阵春风，华夏蒸蒸日上。香港归，澳门回，台海和平在望。

　　①二七大罢工三烈士牺牲地。

2003 年 6 月于武汉

104

谢池春·春雷

梦断天窗，惊雷笑，春来早。新叶簌簌舞，池语嘀嗒妖。闪电划破夜，瞬间花枝俏。洗醒瓣，芳蕊娇，风绿动情，催艳搏今晓。

收拾残冬，雪无痕，起波涛。随浪冲江湖，模拟风中鸟。雕琢丹心在，乘梦播新苗。意盎然，至怀抱。几度风雨，春雷最自豪。

2013 年 3 月于汉口

六么令·梦春

融雪化寒，冰树滴春响。雀鸟争鸣送冬，启梦闹东阳。一彩晨光穿林，千枝复活忙。凝固释放，山谷升烟，旋卷生气飘清香。

山上飞翅徘徊，打理解冻妆；山下小溪又波，洗涤久违岸。万物苏醒迸发，迎接花芬芳。思绪盎然。整冬冰寒，难封求春渴望。

2004 年 3 月于武昌

踏莎行·归心

晴川赏月，知音咏诗。黄鹤徘徊千年泣。放飞心弦踏莎行，眷恋三镇归楼痴。

琴台弹秋，龟蛇唱词。长江拦腰万里衢。千年奔程一日返，惊醒黄鹤展新姿。

2018 年 8 月于汉阳

燕山亭·裁乡锦

乡锦翻拍，轻整细理，怀念擅长神移。恣意潇洒，柔情流水，纹路闪动清晰。曲线深浅，连根本、牵挂蚕丝。寻觅。吐尽相思苦，回归真谛。

调准自然光圈，用心裁，天衣无缝重洗。贯通湖景，显山露绿，还原靓丽胭脂。编辑旧貌，换新颜、和梦故里。谁知？枕泪巾、感叹透析。

1998 年 10 月于汉口

夜飞鹊·渡轮

渡轮江东早，唤起红日，迎接朝阳增辉。乘风穿航行两岸，着意波涛浪激。闹静上下间，调头改南北，晨光更衣。相会鸣笛，白烟卷、拉号分离。

往返赶云探月，黄昏西水去，众目望归。提灯启动喧哗，点亮码头，几盏拥挤？斜照倦影，射沸腾，无数心急。待到来回尽，空船送夜，明晓谁移？

1966 年 10 月于汉口

齐天乐·故乡赞

汉水缠绵淌长江，婉丽江城美放。龙王点睛，会意晴川，波动三镇四岸。摇梦浪漫。龟蛇比暗恋、鹦鹉对唱。黄鹤虽别，空楼心思情最长。

彩桥飞越百湖，上下江中舞，轻轨飞扬。琴台改弦，知音活谱，新区悬念共赏。醉月艳阳。光谷聚天明，故乡更亮。试问昔人，谁人比今爽！

2018 年 10 月于汉口

声声慢·汗透故景

时针嘀嗒，扇叶呼呼，紧赶热气忙啥？旋转精神依然，何必自夸。饮茶斟酌比酒，以杯赛盏眼不眨。三伏天，汗正浓，烦恼惋惜交叉。

字里行间开花。寂寞句，挑战昨日文雅。思绪夕阳，梳理黄昏晚霞。借来抑扬顿挫，声情并茂描旧画。感染笔，穿越海角落天涯。

1967 年 7 月于汉阳

如梦令·屈原魂

横波醉风竖浪。薄雾缠绕烟扬。东湖祭舟愿，愁云来去透寒。屈原，屈原，"离骚"不屈魂长。

1990 年 6 月于东湖

定风波·渔光村

夕阳晖、穿透湖水，波光晃动村头。斜日靠岸，枝叶降色，树下黄昏洲。船歇桨，渔网收，腥味远远闻忙碌。郊游。搏浪意未尽，酒店竞秀。

欧形古调，雅俗屋，胜似神仙楼。窗外画、一衣风景照人，窗内等待久。鲜活鱼，香虾球。望梅止渴口水流。享受。渔光美食，远近相求。

2016 年 9 月于武昌

钗头风·月湖恋

知音波，琴台拨，风送羞月水中躲。柳枝欢，倒影扬。催鱼尽兴，起跳冲浪。爽，爽，爽！

哥洒脱，妹活泼，相恋湖边手相握。追乒乓，坐成双。笑舟动情，摇歌荡漾。唱，唱，唱！

1968 年 6 月于汉阳

月下笛·故里叶

　　故里飘叶，撇下凉枝，仅剩旧树。秋窗回梦，独放不甘当年孤。晴川阁外老汉阳，鹦鹉鸣、学舌风雨。嘀嗒催落叶，随波游湖，寄语谁处？

　　知音，故人愁！惜分离，怜悯断叶远去。天真校旅，首次尝到心哭。同窗同景不同泪，问琴台、几弦送曲？荡四海，闯九州，残留故里思绪。

1986 年 8 月于汉阳

兰陵王·乡草

　　乡草绿，春来处处弄碧。田坎上、前仆后继，意旨缠绵更新衣。守堤塘边青，随波倒影漂丝。战乡路，见缝插针，百折不挠保痕迹。

　　晨风亲屋檐，吻门窗吹，乡草气息。清新呼唤催醒地。老树冒嫩叶，翠枝幼苗，争先恐后送花蕾。装饰村庄迷。

　　回首，艳惊奇！记忆犹新在，自然情操，城市花园无法比。随手抚摸锦，柔和人醉。岁来月去，充满眼，乡草极。

1985 年 3 月于汉阳

渔家傲引·老渔民

煎熬酷寒风雨月。千丝网起万鱼蟹。顶锅度日妙手绝。膳饮夜。雪阳破晓从头越。

枕波睡浪颠簸业。衣食住行水中野。靠岸难解长相别。不甘歇。船上人生有心结。

1966 年 5 月于武昌

夜半乐·乞梦人

集云汇梦当空，聚风庙宇，冲击香烛愿。似坐过山车，缠绕烟旋。摇摆菩萨，左右清高，揣摩尘世浮土，疑惑化缘。登寺庙、追寻乞丐源。

无奈老僧相叹，苦缺施主，愁遇雷电。激光闪，催促压抑雨点。淋透贫穷，洗刷富贵，清扫郁闷台阶，倾泻积怨。风雷雨、搅动庙堂前。

惊醒梦人，搂碎云意，刺下天玄。试问梦境谁将熬煎？一木鱼，敲响圣经默声念。两扇门、隔断贫富间。悟到深处笑神仙。

1988 年 8 月于汉阳

一剪梅·黄鹤楼

黄鹤盏别黄鹤楼。对月行酒，一醉千秋。夜怀暗香失浓淡，朝品深浅，顿感心忧。

望断江水痴东流。托付蛇山，孤背顶候。吻过缘分何时了？身飞古昔，今留空楼。

1999 年 10 月武昌

洞仙歌·余愿

花甲烛光，胸内自点燃。余愿曾何默飘烟？残风追云短，举头探夜，思星空，一缕白发感叹。

三年复来夏，今又酷，独自享受闷热窗。激血奔岁歌，孤鸣心间，填新词，几句老曲回赏。途闰月进伏汗最长，滴出深沉诗，额纹抑扬。

2009 年 7 月于汉阳

蝶恋花·会友

昨会学友今分手。悲喜泪花，飘洒云梦游。风雨同舟几时够？已是黄昏尽白头。

远月近影余晖绣。悠长情结，牵晓缠深秋。人生如梦飞天途，慨叹离合碎星流。

2018 年 8 月于汉阳

摸鱼儿·乡梦

朦胧霜雾知何处？烟梦漫洒乡雨。村头枯草不怕寒，朝夕笑对伸屈。追寻绿。陪伴地、头角峥嵘催叶出。莫逆路途。见田间汗水，收获辛劳，仅为秋天娱。

耕作期，颔首节气歌曲。衬托希望火炬。万紫千红隐芬芳，默默为谁守菊？风又煦。愁云散、眉下清净无闲苦。怎能度虚。修炼发奋志，激起余热，乡梦惹飞絮。

2015 年 9 月于汉阳

凤凰台上忆吹箫·横渡长江

金波漫腿，银浪拍胸，横渡健儿缤纷。南下桥头堡，顺风北乘。垂直长江抢游，指龟山，身却漂东。意已决，头顶红日，精神振奋。

拼拼！青春豪志，迎面大急流，饱含己任。穿破肆意浪，不惧惊魂。如越疑惑漩涡，抵对岸，终见欢腾。喜泪涌，夏去秋来，渗透脑门。

1967 年 8 月于汉阳

西河·水乡泽道

水泽地，百湖漫途谁记？划子贯城穿两江，缠岸牵堤。回乡必备坐船食，风雨摇渡天际。

昨光景，烟浪里，曾求神仙腰系。今见彩带满城乡，汽车飞起。逢水过桥奔大路，半晌来回事毕。

高速快道失旧迹。电控图，卫星导示。环城叠加隧道，轻轨地铁交通网，已叫江湖臣服，随人意。

2018 年 8 月于汉阳

凤栖梧·老水乡

两江携手奔流曲，三镇听涛，四岸浪无际。龙王寻庙醉昔日，逢夏狂图凭酒意。

戏走黄鹤望空楼，无奈龟蛇，墨守几世纪。百湖宽衣怀南北，难挽西水东流激。

1988 年 8 月于武昌

绮罗香·云乡

巧云绘图，妙笔生辉，勾画天上乡景。村庄曲线，田野重叠约隐。凸远边、遥峰显秀，凹近沿、随波造型。淡白中、柔媚飘逸，朦胧含意描轻盈。

层层烘托井然，面面构思别致，抒展意境。沉醉幽深，穿透寂寞眼睛。似烈酒、热身暖肠，享浓茶、提神润心。念故里、双目孤举，尽收回归影。

1990 年 5 月于汉阳

沁园春·魂

苍天风雨，九州云魂，龙的传人。掀黄河上下，惊涛浪滚，五湖四海，热血沸腾。峥嵘盖世，万里长城，抖擞沉哀千古雄。雄起家，铸多少英烈无数忠勇。

献身民族风采，传承东方不屈精神。怀现代骄子，高速飞奔，情钟长江，南水北喷。欲送嫦娥，往返太空，漫舞登月靓丽吻。豪立国，树复兴崛起世界之林。

2020 年 10 月于汉口

定风波·龙虎梦

经风雨，梦乘浪涛，祈福难定凶吉。飞龙卷云，惊雷炸虎，一道闪光迷。摸索手，探险脚，不惧并非都如意。自问：漩涡有几多？何时明晰？

留下记忆，再抖擞，归零思重起。见彩虹，日月相逢天机，夕阳知点滴。耕耘笔，纸花果，朦胧霜雾踩踏激。

2019 年 3 月于汉口

八声甘州·思师梦

师生情。辗转四十年，白发思流星。天涯海角来，落忧风絮，几许飘青。正值泪水兴眼，满额波纹鬓。语道绵绵缠，忠言宁宁。

今依汉江闲时，陪读日月光，万事休尽。园丁又洒雨，两岸杨柳荫。唱月湖、琴台重谱，诗追词、黄鹤寻知音。托梦归，一叶高挂，遍地成影。

2010年3月于汉阳

倦寻芳慢·执着梦

漫流小溪，不知疲倦，追寻海洋。两岸花草，芳送鸟语伴唱。痴心水，波连波，牵手大浪奔东方。气势决，挥情别故乡，心思荡漾。

河边风，缠绕细柳，旋转翻浪，为谁张扬？冲破梦想，一江春水暴涨。梦前风，梦后雨，有时滋润也疯狂。催白须，夺晚霞，穿越苍茫。

2017年11月于汉口

瑞龙吟·梦归

谁徘徊？归梦盘旋浓云，滚滚压境。恐鸟晕头转向，迷失返程，突陷孤鸣。黑满林，不见昔日巢迹，闪光惊。

只能默默心紧，空幕沉沉，邪魔成景。巨雷瞬间狰狞，呼风吐雨，震心裂肺，催翅冲开朦胧，破梦人醒。

汗衣湿窗，思绪浮幻影。字沸腾，升浪填词，重叠奇顶。无限激动，几多飘情？往事独自品。家亲身单行。盼故里，回奔今生直径。再饮断肠，渴望天晴。

1968 年 12 月于汉阳

浪淘沙漫·雾霜雪梦

雾霜，梦中吻河沙，四滩①尽染。胜似云浪，拥抱大地，白神下凡。恰晨明，一乍破晓光。眼向东，眉动长江，头朝阳、思灵汉水，心潮奔海洋。

雪梦，圣洁清新，透出感叹，为己洗净衷肠。几番梅恋花，装点尘埃土，冰冻芬芳。呼吸深情，释放饱尝语，陶醉冬寒。

送别雾霜，迎来雪花，万般千种变幻。问苍天：何时再雾霜？雪花哪日复？相恋相吻谁？待到春飞，能否掀含香？

①四滩：长江、汉水两江四岸。

2008 年 12 月于汉口

贺新郎·神女

登峰立千载，曾飘逸，云中几何，天真神女。脚踩三峡百道险，手扶长江浪惧。急涛响，望水叹嘘。风吹雨打极目眼，无奈风，岁月凝思绪。盼根治，渴奇举。

大坝一揽世界惊，驯服水，清影川谷，唤醒神女。曼舞高峡跳平湖，化险为夷新曲。唱山歌，黄土变绿。拥抱高原宁静水，献长城，妖娆谱七律。九州诗，活话剧。

2015 年 7 月于宜昌

南乡子·送梅

春雨送寒梅。残冰感动滴成泪，洗碎丹心守护神，再会！四季尽头冬又归。

遗藏隐退。牵挂百花难相随。万紫千红谁最靓？惭愧？唤醒春蕾唯梅醉。

2012 年 11 月于汉口

诗词评论

第四辑

廊文卷发展眉眼
锋笔剑水勾画言

指间色彩赋青春

——梦生诗词作品欣赏

刘邦民

读了梦生先生诗词作品，犹如一股清新之风拂面，令人心旷神怡！

他的诗作，题材广泛，意象丰富，个性独特，细节描写微妙且充满情趣，咏读其诗词，真可印证了：万物皆可入诗词。

文以载道，诗以言志。活泼于梦生笔下的诗词，状物见物，体物入理；咏怀抒志，寓善归真；寄情山水，想象美丽；情感真挚，意境幽美。无论是对亲朋好友的兰心蕙质，还是旅途他地的秋夜思乡；无论是漫步人生路上的洪波微澜，还是曲径通幽时的感悟发现；无论是穿梭于武汉三镇的忙忙碌碌，还是兴致盎然天南海北的洒脱悦游，都在娓娓叙说人世间的款款深情厚谊，都在自然风景处散发着浓浓情怀诗香。

一、俯拾仰观 万物皆可入诗词

梦生 ┃ 月季花

重复开花旷日久，寻年跨月不知愁。

春天俯首心中乐，夏日昂头脸上羞。

迎面秋风陪菊展，披身冬雪任梅牛。

百花齐放难寻影，缝里插针志不休。

这是一首咏物诗，诗人状物如见物："春天俯首心中乐，夏日昂头脸上羞。"体物入情理"迎面秋风陪菊展，披身冬雪任梅牛。"

咏物中尤多寄托，具有浓郁的象征性。咏物的深层意义是咏人。寻常见的月季花，一经诗人的情感点化，一幅志趣高雅，不与百花争艳，乐于"甘做陪衬"，但志趣不移的美丽月季，人世间类似于月季花的群体，芬芳在了我们面前。

梦生 ｜ 陪护——老伴住院感

伴医住院陪相守，多见病床牵白头。
老影护针针不痛，皱纹理药药方悠。
星悬伴夜思光累，月到弯腰悟背钩。
更觉江奔千里去，何曾指望再回流。

谁没有去医院看过病、住过院？但，很多时候，我们都将这一习以为常的事儿，悄悄从拿病历的手中滑落而去。可是，我们的诗人不同，他却将自己在医院的亲历所感，情绪的波澜起伏，把一次陪老伴住院的经历诗意化地描写出来，让人感悟到了诗人从现实生活中捕捉诗意的能力，也让人体味了诗人与老伴的情深意长，感情甚笃。"老影护针针不痛，皱纹理药药方悠。"悉心周到的护理，怎不让人感动？当你读到"星悬伴夜思光累，月到弯腰悟背钩。"你怎会不被诗人忙碌在夜半"弯腰悟背钩"的"思光累"而凝眸？

《陪护——老伴住院感》，这首简单平易而又不平凡的诗作，读后我们油然而生下列感慨——

一切优秀诗篇的意境，莫不是客观生活实践在诗人头脑中反映的产物。

梦生 ┃ 黄果树

飞瀑奔流黄果树，展帘隐洞雾浓浓。

浓欢震谷回声乐，乐享吊桥摇步功。

太美难催八戒走，过奇易使悟空雄。

千年传载西游记，赏景当真现实中。

这是首山水诗，是诗人在旅游时所写。"飞瀑奔流黄果树，展帘隐洞雾浓浓。浓欢震谷回声乐，乐享吊桥摇步功。"诗人通过对黄果树的物象描述，表现了黄果树的山灵水秀，也表达了诗人观景时的欢乐心情。"太美难催八戒走，过奇易使悟空雄。"这是这首山水诗的精彩所在，诗人面对优美的景致，万千思绪涌上心头，丰富的联想由此展开，对人生的感悟因而确立。真是山水如人，《黄果树》一诗，体现了诗人的个性。

我们从上述诗作可以看出，诗人热爱生活，对生活中的一些普遍、简单而有意义的现象，都能从容地诗意表达。这些展现了诗人深厚的文学功底，体现了诗人热爱生活的生活状态，也说明了，只要有心、用心，世间万物皆可入诗词。

二、此情可待 百湖腹下尽高歌

梦生 ┃ 江城地铁

穿越两江唱四岸，百湖腹下尽高歌。

舞姿一扭美三镇，地上无声韵网络。

武汉是一座地理位置特殊的城市，人多地广，两江交汇，百湖缠绕，九省通衢。市内交通要便利快捷是武汉人多年来的愿望。

诗人是位老武汉人，快速发展的武汉让他见证了："武汉每天不一样"的天翻地覆。武汉自新中国成立以来特别是改革开放以来，经济奇迹般的发展、城市面貌的整洁改观，特别是地下交通（地铁）的飞速前进，令诗人感慨万千。"穿越两江唱四岸，百湖腹下尽高歌。"诗作起句不凡，穿行于武汉三镇的地铁，在诗人形象思维意象性地描写下，拟人性地表达了这样的意境："舞姿一扭美三镇，地上无声韵网络。"地铁，当今的地下长龙、特大城市陆地上最便捷的交通工具，在诗人的笔下，成了快乐舒适的代名词了。

梦生 ┃ 卜扇子·惠农

春意暖来风，化雨时难静。拣尽寒枝冒嫩头，绿满乡村影。
良策脱贫心，解困皆精准。人美家甜貌换新，弹小康神韵。

党和政府提出要在一定时间内，使少数相对贫困落后的乡村"脱贫致富"。诗人以自己的方式参与、记录了这一历史性美妙时刻："春意暖来风，化雨时难静。"有了好方向，落实起来，诸多困难缠绕。"良策脱贫心，解困皆精准。"一对一的精准"脱贫心"，干群上下一心，劲往一处使"拣尽寒枝冒嫩头"好政策加上巧干实干，终于迎来"人美家甜貌换新，弹小康神韵"的美好景致。从《卜扇子·惠农》这首词里，我们感受到了扶贫的精准、艰辛不易和美妙！

梦生 ┃ 战疫情

候鸟元宵宅海旁，疫云隐月几时还。含腔热血洗咽叹，
摆袖清风寄语牵。归梦朝朝送客挽，离骚暮暮陪人眠。欲穷

大地瘟神尽，再返回程光彩间。

　　人宅滨海心在汉，横眉冠毒虐中原。封城酌曲洗幽恨，守屋斟歌挽疫冤。雷院火神救命匠，白衣天使献丝蚕。九州复绵箫声起，庆幸军民总动员。

　　一场突如其来的新冠病毒在武汉肆虐，给社会、给人们带来了巨大灾难。诗人恰好此时在外地。暂时不能回家，"候鸟元宵宅海旁，疫云隐月几时还。含腔热血洗咽叹，摆袖清风寄语牵。"但他没有袖手旁观，而是与全国人民一道，非常关心家乡人民在党和政府的领导下与新冠肺炎做斗争的英雄壮举。全身心地以自己特殊方式参加到了这一场除瘟疫的战斗之中："含腔热血洗咽叹，摆袖清风寄语牵。归梦朝朝送客挽，离骚暮暮陪人眠。"真心希望湖北武汉人民，在党和政府的领导下，在全国医务工作者和志愿者的帮助下战胜瘟疫："欲穷大地瘟神尽，再返回程光彩间。"我们的各级医院、临时方舱医院、雷神山、火神山与新冠肺炎决战的情景都在诗歌里见到："封城酌曲洗幽恨，守屋斟歌挽疫冤。雷院火神救命匠，白衣天使献丝蚕。"在驰援武汉的全国各地的医务工作者和武汉地区的医务工作者的共同努力下，终于遏制住了新冠病毒的蔓延。诗人止不住内心的狂喜，歌唱道："九州复绵箫声起，庆幸军民总动员。"

梦生 ｜ 临江仙·临画胡杨赞武汉

　　临画胡杨赞武汉，身经战疫硝烟。封城不屈过大年。激情斗志，毅守在家园。

　　完胜树神奇迹传，英雄傲视哀怜。白衣天使展华鲜。江湖秋色，收获撼人间。

这首《临江仙·临画胡杨赞武汉》，可谓是对武汉人民在与新冠病毒作斗争时的心态，进行了另一番写实：城封了，只能待在家里，但每个市民都在每时每刻关心着抗疫的进展。"封城不屈过大年。激情斗志，毅守在家园。"诗人的老师宅在家中，他为白衣战士的行为所感动，拿起手中的笔"临画胡杨赞武汉，身经战疫硝烟。"胡杨，生长在沙漠中，它耐寒、耐旱、耐盐碱、抗风沙，有很强的生命力。胡杨林是荒漠区特有的珍贵森林资源，它的首要作用在于防风固沙，创造适宜的绿洲气候和形成肥沃的土壤，千百年来，胡杨毅然守护在边关大漠，守望着风沙。胡杨也被人们誉为"沙漠守护神"。画家临摹创作胡杨林，对白衣战士的不凡壮举给予了崇高的敬意！"完胜树神奇迹传，英雄傲视哀怜。"对肆虐江城的新冠病毒，表现了不屑，决心战胜瘟疫病毒的自信心坚如磐石。"白衣天使展华鲜。江湖秋色，收获撼人间。"通过观视老师临摹胡杨林的画，诗人有感而创作的《临江仙·临画胡杨赞武汉》，给我们珍藏了武汉人民感谢全国白衣战士驰援武汉的真情实录。

作为老武汉，诗人既是武汉建设的参与者，又是武汉发展的见证人。对武汉的发展有着高度的关注、特殊的敏锐、倾注了深厚的感情。他写下的诗歌，做了最好的诠释。

三、漫步人生 千言万语写衷肠

梦生 ┃ 启航

大连初恋海，群起赶晨光。

恐后失颜面，争先放眼量。

行沙似故里，品浪醉他乡。

悟醒远帆下，人生当启航。

　　这首《启航》，某种程度上说，写的就是诗人本人刚刚迈出大学校门，来到大连，穿上工作装的感受。"大连初恋海，群起赶晨光。"一批刚从内地来到海滨城市的年轻人，对大连充满好奇，也对自己的工作岗位十分欣喜。大家纷纷投入热情，敬业爱岗："恐后失颜面，争先放眼量。"虽然远离家乡，但劳动建设的热情犹如在家乡参加建设一样。"行沙似故里，品浪醉他乡。"诗歌表达了一群年轻的大学生，在海滨城市朝气蓬勃，只争朝夕参加社会主义建设的高涨热情。"悟醒远帆下，人生当启航。"用诗歌这一文学样式形象化地叙述描写了刚参加工作及其心理感受，而且叙述情感真实，描写细腻，既叙述了当年的风华正茂，又珍藏了青年的拿云心事，我们不能不说诗人别出心裁，恰到好处。

　　梦生 ｜ 贺惊雷——孙女瑞雨回国有感

　　敲窗鸟语报春归，瑞雨清风活力回。
　　花醒竞苞重彩舞，翅张比翼又高飞。
　　倾巢白鸽追云美，解体残冰落地辉。
　　谁举今朝辞夜酒，欲为来日贺惊雷。

　　祖孙情，人世间最纯粹无私、温暖深沉、依赖崇敬和坚决久远的真情！诗人表现这一真情，也是别具一格。"敲窗鸟语报春归，瑞雨清风活力回。"孙女学业假期回国探亲，诗人抑制不住内心的喜悦，连用"鸟语报春归""清风活力回"这充满力与美的意象，叙述其内心感受，十分感人。短暂的省亲休假即将结束，孙女又要去完成学业，诗人饱含深情祝福与希望："花醒竞苞重彩舞，翅张比翼又高飞。倾巢白鸽追云美，解体残冰落地辉。"在求学阶段，诗人希望孙女在学业上,要如花一样的芬芳,像吉祥鸟一样飞翔,努力学好本领,将来回来为国效力。"谁举今朝辞夜酒,欲为来日贺惊雷。"因为诗人的大格局,所以对孙女的爱,表现得更为深层,充满温暖。

梦生 ┃ 学友聚重阳

九九重阳岁不同,同窗情谊比情浓。

挥间白发今欢聚,弹指青丝曾热拥。

少壮不知日照贵,老苍才识月流空。

人生苦短倍珍惜,笑看天年心似童。

读书的学子十分珍视同学情,特别是一别几十载又有幸重聚的同学,更是倍加珍惜。这首《学友聚重阳》,写出了学友重聚情。"九九重阳岁不同,同窗情谊比情浓。"开篇点题"同窗情谊比情浓",几十年过去,同学们又在各自的天地学习、生活、工作,重新聚会,面对昔日的"小青年、大姑娘",如今的"白头翁、媪",诗人思昔感旧:"挥间白发今欢聚,弹指青丝曾热拥。"

于是忍不住感叹道:"少壮不知日照贵,老苍才识月流空。"同时诗人也借这首咏志诗,寓理寄情,阐发了其悟世之理:"人生苦短倍珍惜,笑看天年心似童。"

一首《学友聚重阳》,写尽岁月沧桑事,写出同学真挚情。

梦生 ┃ 谜

痴迷平仄韵佳话,格律点精文采华。

抓拍瞬间云秀阁,顿开灵感笔生花。

曾经偶赋闲初志,现伴长吟度晚霞。

挥别人间百态戏，唯留诗性爽孤家。

退休了，从忙碌而紧张的岗位上"退下来了"，整个生活方式即将发生改变。有的退休翁提着鸟笼，与树丛花鸟为伴；有的迷上舞蹈，有的爱上歌咏，还有的在麻将桌上"砌墙觅胡"，打发时间，等等，他们都以自己喜欢的方式享受着退休生活的乐趣。诗人没有在这方面花费太多的精力，而是"痴迷平仄韵佳话，格律点精文采华。抓拍瞬间云秀阁，顿开灵感笔生花。"过去有书香门第之说，的确，利用晚年的美好时光，整理曾经的"酸甜咸苦辣"，写出人生各阶段的感悟，对自己是个慰藉，对后人是个昭示，是"书香"的延续。"曾经偶赋闲初志，现伴长吟度晚霞。挥别人间百态戏，唯留诗性爽孤家"。

半个多世纪的人生路，几多风云，几多烟雨，真是千言万语难以言尽。这一小节里，我们只是对其几首有代表性的诗作进行了赏析，其精彩之处，请读者感悟。

梦生先生是个企业家，为人慷慨真诚，充满情怀。在其为企业服务的时候，运用其智慧、胆识和热情，在原有生产资料的基础上，大胆创新，带领广大的企业员工，创造了不菲的价值，为职工赢得了令人羡慕的福利，深受职工们的喜爱。从热爱的岗位上退下来后，又将平生的爱好捡拾了起来，醉心于文学创作，创作了许许多多的诗词作品。梦生先生的诗词作品，可谓琳琅满目，各个方面都有涉猎。细细品读，感觉每一首诗，都是其生命过程中的某个瞬间的直觉抓拍、情调感悟的展开，是其心灵对人与世界的理解，是对生活的敏感和发现，是对生活沉思的凝聚。在这些诗篇里，诗作的构思、语言的表达，都独树一帜。精彩的警句，随处可见；机智的双关语，俯拾皆是；许多诗篇，意象内涵丰富；

一些细节，微妙感人。当然，这些诗作中，也有些需要斟酌的地方。例如，《恩施富硒茶》：特色富硒多产恩，春香最诱赏茶人。蜿蜒漫道弯千尺，恰似长龙奉万金。几叶杯中飘美锦，满村屋顶冒灵氛。风传茶妹歌声绕，边采边哼妙入神。

这首诗写得很灵秀，风景很美，意象丰富，意境耐品。但有个地方值得斟酌，诗句"特色富硒多产恩"，这个"恩"字，作为湖北人，理解起来不会有什么困难，但如果是一位外地人，对这个"恩"字，理解起来就有点"云雾"之感了。一般来讲，地名是固定词组，除非约定俗成，否则不宜拆开，也就是说：恩施一词，只能连在一起，不宜拆开表达。不知妥否，说与诗作者思量。

限于篇幅，笔者对梦生先生的诗词，学习欣赏就此告一段落。对于诗作者，其勤奋的指尖，将生活的色彩，赋予青春的光芒很是感慨，我衷心祝愿梦生先生创作出更多更优雅的诗词作品，以飨读者。

有读者对诗人作品需要有更多的了解欣赏，即将由长江出版社编辑出版的《梦生诗集》，可以满足这一愿望，敬请热心读者期待。

2021 年 7 月于武汉

附：

　　在本文停笔之际，梦生先生又寄来《恩施富硒茶》修改稿并附言，对诗人对自己的作品高度严谨负责的态度，很是感动笔者，为使广大读者欣赏到原汁原味的修改前后的词作，现附上他给笔者的留言以及修改后的诗作："诗友：早康！真诚感谢你的提示。一夜反复难眠，将恩施富硒茶七律进行修改，现发你再求忠言。"

　　　　梦生 ｜ 恩施富硒茶

　　寻遍富硒特产地，恩施最诱赏茶人。

　　迎春漫道撒千客，顶日辉乡照万金。

　　几叶杯中飘美锦，满村屋顶冒灵氛。

　　风传茶妹歌声绕，边采边哼妙入神。

　　　　　　　　　　（该文载《花溪》2021 年第 05 期）

越过山川赏水流

——梦生诗词作品赏析

刘邦民

做编辑已有一些年月了，对于手头上的文章诗稿，出于职业习惯，一般都能分辨出一二三来。

读了梦生先生诗作《旅游》和词作《水调歌头·耀华夏》，感觉很是惬意，品味诗词中韵味，诗词语言清新流畅，意境豁达畅快，思之再三，草成如下文字，与读者分享。

> 梦生 | 旅游
>
> 常梦旅游环地球，自驾自乐最心悠。
> 纵横原野追云彩，越过山川赏水流。
> 足上长城称好汉，眼收大海放轻鸥。
> 天涯海角经风浪，浪得诗图著内留。

这首旅游诗写得挥洒自如，豪气干云。起句"常梦旅游环地球，自驾自乐最心悠。"诗人展开浪漫主义情怀，借"梦"抒发情志，已了平生志愿，要去周游世界，而且是自驾。承句："纵横原野追云彩，越过山川赏水流。"对仗工整，此句承接上句，展开诗人的想象力，既要去原野纵横，去追云彩；还要越过山川，去欣赏那奔流不息的生命之源：碧绿的流动水。这一流水对，对仗工整，语意畅快。转句："足上长城称好汉，眼收大海放轻鸥。"转句发生变化，开拓了新的意境。诗人的豪气此句尽显，要去长城驻足，还要去大海"放轻鸥"。合句："天涯海角经风浪，浪得诗图著内留。"结尾句，直接点题，本位收笔。

这首《旅游》通过诗作者浪漫主义的旅程，展现了天际山川原野的自然美丽，表达了诗人"足上长城称好汉，眼收大海放轻鸥"的豪爽情怀，意境优美。写作手法上，构思严谨，切入角度，从梦境开始，然后用现实景致展开，虚实结合，情景交织，对现实生活诗意化。诗作描写细腻，表现自然，妙笔警句，美感独特。不失为一篇佳作。

梦生先生诗作写得好，词作也很雅致。或豪放，或清旷，或自然，或飘逸，或雅丽，或俗趣，或沉郁，风格多样。

梦生 ┃ 水调歌头·耀华夏

谁耀我华夏，建国画明天。点睛改革龙眼，开放图新年。唤醒雄狮何去？重塑神州玉宇，用绿裱青蓝。描海带起舞，绘陆路相牵。

复兴路，尽特色，好深玄。核心导航，冲出云雾梦开颜。为梦高风亮节，追梦安邦兴国，代代不清闲。回首品丰庆，红日正人间。

这是首咏史词，因为，对于未来，前天、昨天、今天就是"历史"了。

上阕："谁耀我华夏，建国画明天。"一个疑问句，引入正题。开篇浩然，起句不俗。"点睛改革龙眼，开放图新年"承接开篇，时空转换，进入改革开放。"唤醒雄狮何去？重塑神州玉宇，用绿裱青蓝。描海带起舞，绘陆路相牵。"这六句，是对正题的具体展开：雄狮、玉宇、海陆等意象的描写，是诗人在历史的流动中选择的一幅幅神形具现的画面，讴歌了新中国成立以来，特别是改革开放之后，新中国展示出的万千气象。

下阕："复兴路，尽特色，好深玄。"这三分句，九个字，道出了中华文脉绵延繁盛，中华文明历久弥新。进入新时代，习近平总书记就文化建设提出了一系列新思想新观点新论断，推动中华优秀传统文化实现创造性转化、得到创新性发展。要以总书记重要论述为指引，乘势而上，坚持与时代同步伐，努力建设中华民族现代文明，为中国式现代化建设汇聚起文化文明的力量。"核心导航，冲出云雾梦开颜。"这一句，指出我们现在的万千新气象，是我们党中央以马克思列宁主义、毛泽东思想、邓小平理论、"三个代表"重要思想、科学发展观结合中国的实际作出的英明决策带来的。"为梦高风亮节，追梦安邦兴国，代代不清闲。"在复兴中华民族的道路上，多少仁人志士"高风亮节，安邦兴国"，而且是"代代不清闲"正因为如此，我们这代改革开放的受益者以及我们的后来者，都在，也都会"回首品丰庆，红日正人间"。一幅魅力无限的现实画卷，令人动容！

这首词，意象丰富，细节微妙。虽是抒写改革新画卷，属于"政治题材"，却没有丝毫"老干体"之嫌。全词不是"政治词汇"的罗列，而是运用形象思维，对呈现于我们直觉经验中的事物，进行主观抒情，主要写自己的思想感情。词作者梦生先生是一位企业家，精于"勤俭持家"，明白"当家人"的责任、情怀和不易。诗作者从全局着眼，对我们新中国的建立、改革开放以及新时代取得的成就都作了实事求是的精心描摹，描写自然，抒情舒心。语言清新明快，比喻生动，妙句迭出，构思精致巧妙，新颖别致，层层递进，逻辑分明，让人一咏三叹，好不惬意！

诗是心灵对人与世界的理解，是对生活的敏感和发现。一首好诗妙词，让人流连忘返，品味再三，给了人以心灵的愉悦。我们期待梦生先生创作写出更多优秀的诗词，以飨读者。

（原载《中国文艺家》学术特刊卷 106-108 页）

梦生诗词春意盎然

刘邦民

春天，万物复苏，草长莺飞，百花争艳。这个缅怀亲人、踏青访友的季节，一直是人们追思、感恩、歌颂和赞美的日子。

写出亲友的慈爱、写出物候的特点，写出春天的盎然，写出诗篇的新意，一直是诗人们所孜孜追求的。

诗人梦生近期写的几首关于春天的诗作，细品后，感觉颇具特色，充满新意，特分析与读者分享。

春雷：自然演绎交响曲

梦生 ｜ 谢池春·慢春雷

窗天初亮，惊雷笑，春来早。新叶舞姿菲，云雨风情调。闪电穿晨过，谁见花枝俏？洗精神，天不老。绿青娇色，催艳花相照。

收冬拾残，修雪痕，灵机巧。起浪冲江湖，模拟惊弓鸟。复琢丹心在，乘梦播奇妙。悠然意，怀志抱。风光几度，唯有春雷晓。

一次春雷，给我们带来——
听觉："窗天初亮，惊雷笑，春来早。"
视觉："绿青娇色，催艳花相照。"

感觉："闪电穿晨过，谁见花枝俏？洗精神，天不老。"

复合情感："悠然意，怀志抱。风光几度，唯有春雷晓。"

《谢池春·慢春雷》带给我们的通感快意犹如一支交响曲，滋润心田。

这首词的上阕，通过对春雷、春雨带来的多彩清新，描写了万物复苏，百花争艳的欢畅物语，自然心灵沟通的通感，表达了词作者心舒情朗的愉悦心情。

下阕开篇，词作者笔锋一转，引起读者兴致："收冬拾残，修雪痕，灵机巧。"春雷、春雨告知我们，明媚的春天到了。这声春雷，是大自然慷慨的馈赠，是殷勤唤春雨、春雨润万物的描摹；这声春雷，也是词作者对当今清明盛世的赞颂。

整体来看，《谢池春·慢春雷》这首词，意象丰富，细节微妙："新叶舞姿菲，云雨风情调。"语言清新明快，比喻生动，妙句迭出："起浪冲江湖，模拟惊弓鸟。复琢丹心在，乘梦播奇妙。"构思精致巧妙，新颖别致：由春雷——春雨——春景——春思——春情——春雷，层层递进，逻辑分明，让人一咏三叹，好不惬意！

新颖别致，新意突出，通感妙用，自然现象与心境感受重合，准确的描绘、巧妙的表达，是《谢池春·慢春雷》最大的艺术特色。

春雨：涓涓催物芳草幽

梦生 ｜ 春雨

春雨绵绵催物醒，涓涓朝夕韵无声。

游移冰雪散成绮，化作点滴留住情。

舞秀添芳洗绿彩，含娇滋润显精灵。

寻幽浏览知何处，漫遍龟蛇山更青。

梦生 | 春意

舞雷戏雨读春意，织锦游仙画绿皮。

虽到夕阳描色彩，却留晚月染文犀。

青青芳草幽波兴，嫩嫩新苞藏奥秘。

品味花香梦幻处，方知微妙这般奇。

伴着雷声，春雨潇潇而下。梦生笔下的春雨：是绵绵，是涓涓。是残存冰雪里散开的旖旎，是催生泪滴的情愫。

这想象，奇特且含新意。

想象是在已有的材料上，经过新的综合而创造出的新形象的心理过程。高尔基说："艺术是靠想象而存在的。"的确如此，再看梦生春雨中的"舞秀添芳洗绿彩，含娇滋润显精灵。"诗作者就像一个导演，按照剧情指挥调度着春雨，一会儿舞秀，一会儿洗绿，一会儿含娇滋润，这个时候的春雨，已经就是一个小精灵了。显得特别灵气，特别的可爱，特别的人性化。这，就是梦生《春雨》想象散发出的艺术魅力。

诗歌《春意》也是想象大胆，你瞧："舞雷戏雨读春意"，读什么"春意"？"青青芳草幽波兴，嫩嫩新苞藏奥秘。"这春意，也是芳草青青，新苞嫩嫩，虽是想象，但描绘准确，意象鲜明。"品味花香梦幻处，方知微妙这般奇。"这心里的感受，独特而微妙。读完《春意》我们方知想象的大胆、魅力四射。

清明：默哀落地土中凄

梦生 ┃ 清明

清明时节雨纷纷，扫墓人群欲断魂。
含泪含情含意苦，默哀默语默言深。
追思满满忆亲影，怀念沉沉拜祖坟。
祭后聚餐品老酒，味浓还是杏花村。

梦生 ┃ 追思

刻骨追思欲泪滴，一年一度一周期。
忆恩似海今胸涌，达爱无疆昨目迷。
遐想升空天上美，默哀落地土中凄。
阴阳隔起人间念，万语难言分外奇。

　　人间四月，草木芳菲。既是踏青赏花时节，也是追思扫墓的日子，古今如此。写清明祭祖扫墓的诗词很多，最著名的还是晚唐诗人杜牧的《清明》："清明时节雨纷纷，路上行人欲断魂。借问酒家何处有？牧童遥指杏花村。"杜牧的清明诗作，通过描述清明时节的所见所闻，触景伤怀，表达了诗人心里的落寞与深深的思念之情。此诗写清明春雨中所见，色彩清淡，心境凄冷，一千多年来广为传诵。同样写清明，怎样写出新意，很考验诗人的"诗性"。梦生先生是这样演绎的："清明时节雨纷纷，扫墓人群欲断魂。"第一句借用杜诗的开头，实在是杜诗的开头太绝了，无法超越。梦生的清明，以此开头，是借用。关键的是"扫墓人群欲断魂"这就将镜头对准了：扫墓人。比之"路上行人"更具体。"含泪含情含意苦，默哀默语默言深。"颔联，承的自然，对仗工整，新意迭出。"追思满满忆亲影，怀念沉沉拜祖坟。"情感的闸门打开无法制止，亲人生前的影像，萦回脑际，无法释怀。情义深深，怀念沉沉。诗歌最后一句："味浓还是杏花村。"既是对前文的呼应，也是对杜牧诗作的借用，更是对扫墓人心境哀伤的描写：借酒消愁、消哀伤。《清明》是学习杜牧诗歌的心得，也是梦生先生创意出新的尝试。《追思》，是对《清明》的展开与续写："忆恩似海今胸涌，达爱无疆昨目迷。遐想升空天上美，默哀落地土中凄。"

《清明》《追思》艺术特色重在一个"情"字。

感情是诗歌的生命。我国唐代大诗人白居易说过："感人心者，莫先乎情。"

俄国诗人文学批评大师别林斯基也说过："情感是诗的天性中的一个主要的活动因素：没有情感就没有诗人，也没有诗。"

"清明、追思"这两首诗，其描绘的意象，都能借用出新，都包含着深情厚谊、款款深情、浓浓厚谊，这是《清明》《追思》所以能感染人、打动人的地方！

读柳送梅：

梦生 ┃ 归田乐·读柳

默读湖边柳，水照头、影书波抖。字里行间走。巧然一道题，万字文透。校色逢春学争秀。

悠枝不别扭，悟性爽、随风光撩逗。浪丝漫漫，含蓄难留守。朗声诵激发，扣心重揍。唯有柳中智长久。

这首《归田乐·读柳》一词，笔者读来，感觉"朗声诵激发，扪心重揍。唯有柳中智长久。"应该是诗人所要表达的内涵。古人赠别，诗人一般用的是：折柳寄意。柳的谐音是"留"，所以，他们在杨柳身上做文章，表达自己对友人的缱绻挽留之意。你看唐代诗人李商隐《折杨柳》其中诗句"为报行人休尽折，半留相送半迎归"，真是柳丝柔情，意义难舍。梦生的"读柳"是诗人与杨柳的对话及对曾经美好岁月的回顾。"默读湖边柳。水照头、影书波抖。"在杨柳树下，作者想起"巧然一道题，万字文透。"于是感叹道："校色逢春学争秀。"

美好的学生时代，难忘的学习生涯。细细品读，我们也会为作者营造的读柳思昔氛围所感慨。

寄意杨柳写出的新意，值得我们学诗人好好品读。

梦生 ┃ 南乡子·送梅

春雨送寒梅，感动残冰滴泪飞。难忘雪花相伴日，垂垂，卸下芬芳岁月催。

秋夏不追随，回忆容颜独自菲。品味孤单留守季，书眉，期待新装冬再归。

梅花是中国十大名花之首，与兰花、竹子、菊花一起列为四君子，与松、竹并称为"岁寒三友"。人们爱梅，诗人咏梅，是因为梅花的品质。梅花以它的高洁、坚强、谦虚的品格，给人以立志奋发的激励。在严寒中，梅开百花之先，独天下而春。所以，赞美、歌颂梅花是许多文人雅士特别是诗人的爱好。请看北宋诗人王安石笔下的梅花："墙角数枝梅，凌寒独自开。遥知不是雪，为有暗香来。"这首五绝，王安石将梅花写活了。梦生的《南乡子·送梅》从另一个角度写梅，写出了新意。"春雨送寒梅，感动残冰滴泪飞。"用春雨来送寒梅，竟感动了残冰，使之"滴泪飞"，拟人化的春雨、残冰烘托出"梅花"的高洁，使得梅花"难忘雪花相伴日，垂垂，卸下芬芳岁月催。"梅花与残冰、春雨互动的情景也就出来了。

"秋夏不追随，回忆容颜独自菲。""书眉，期待新装冬再归。"

这是借梅花之口，写出诗人独立思考，芳香寒冷的人生。《南乡子·送梅》一词，新意迭出，值得借鉴。

从春雷、春雨、春意；清明、追思；读柳、送梅。这组写春天的诗词中，我们欣喜地看到，诗人梦生对诗词写作有了更深的感悟，更独到的见解，诗词创作新意雅致，佳作频出，实在是读者之幸。

（该文载《名家名作》2022 年 7 月）

梦生词作《满江红·倔》赏析

刘邦民

接到梦生先生发给我的词作《满江红·倔》，感到词作大气磅礴，气象万千。品味再三，慢慢品出词作蕴含的"江湖春秋"，这里略作欣赏分析，与读者一起分享。

梦生 ｜ 满江红·倔

回首难休，惊醒梦、风云聚合。多往事、浪涛波起，纵横莫测。四季轮番年月失，三秋过后风寒恶。白发倔、越老越精神，回光泽。

诗江上，乘昔鹤。词海里，寻仙鸽。满湖情渗透，欲思深刻。霜厚沉沉书意醉，雾重漫漫文心色。黄昏晖、余暇正当空，人生涉。

词作上阕——

开篇不俗："回首难休，惊醒梦、风云聚合。"仿佛一股曾经飘过的狂风骤雨又一次袭来，考验你的定力。"多往事、浪涛波起，纵横莫测。"进一步展开前句，也开始准备细说。"四季轮番年月失，三秋过后风寒恶。"

终于进入"正题"：曾经许多的遗憾事，难以挽回的后悔事，以及难以言及"风寒恶""往事并不如烟"地赴向你，正可谓：让你不得开心颜。写到此，荆棘遍布到顶了。就在你"山重水复疑无路"时，词作者笔锋一转"白发倔、越老越精神，回光泽"。一切苦难都已过去，没有什么能阻止对美好的追求，对善意的释放，对生活的愉悦，对情怀的纯真，即使已经老之将至，反而更加强烈，就是"白发倔"。

对自己认为美好的东西，努力追求。读到此句时，使我们想起了曹操的《龟虽寿》："老骥伏枥，志在千里。"真为我们词作者的"欲扬先抑"的创作手法拍手叫好。

词作的上阕记事感旧，言理见性，抒怀写心。

词作下阕——

"诗江上，乘昔鹤。"下阕开篇展开叙事，词作者采用虚（昔鹤）实（诗江）结合，为下面的描写给予铺垫。"词海里，寻仙鸽。"诗江辞海里，诗作者在诗江上"乘昔鹤"，在辞海里"寻仙鸽"，通过典故的运用和幻想手法的表现，抒发诗作者浪漫主义的情感，也将词作者艰辛且愉悦地在诗词天地里驰骋纵横真实情景展露无遗。"满湖情渗透，欲思深刻。"

江、海、湖都涉及了。诗作者谦虚且实际地写出了自己的心境，自己在江海里打捞的湖水，满满的实情、真情倾注期间，目的是写出生活里涌现出的美好，生活里发现的闪光，以及在生活里所感悟到的真知灼见。

"霜厚沉沉书意醉，雾重漫漫文心色。"这一诗句，可谓是整首词的精彩所在。厚厚的霜，沉沉的，寓意着沉重的过往，这书海，可不是霞光万道啊，其实也充满艰辛。正因为霜厚沉沉，词作者才愿意"书意醉"，唯有在艰辛里跋涉，才能越过不幸，收获芳香，才会"雾重漫漫文心色"，体验出书海诗江文心湖的本色。"黄昏晖、余暇正当空，人生涉。"老当益壮，不负平生志。

词作的下阕，虚实相间，藏情于景，凝情于物。讴歌了词作者"砥砺前行"的豪迈。

这首词是言志之作，词作者通过对往昔旧事的钩沉，叙述了生活的艰辛和风云烟雨，描写了在"霜厚沉沉书意醉，雾重漫漫文心色。"里"砥砺前行"，抒发了即使太多荆棘也无法阻止词作者"白发倔、越老越精神，回光泽"的老当益壮的精神。词作构思巧妙，意象丰富，语义新工，含蓄精练。

诗是一种发现，词作《满江红·倔》从独到的感受，从司空见惯的事物中独具慧眼，看得更深入一层，说出了别人想说却说不出来的东西。形象美，意趣美，让人从这美妙的神韵美中感受到大气磅礴，从这客体美的追求中，感受到寓善归真。气象万千，大气磅礴是《满江红·倔》给我们带来的心灵愉悦。

梦生先生是位企业家，业余爱好主要是写诗填词，中国传统文化特别是古典诗词，对朱梦生先生有着深远的影响。在其读大学和工作期间，他就利用业余时间涉猎诗江词海，退休以后，更是沉醉其中。创作了许多脍炙人口的诗词。用他自己的话来说就是："霜厚沉沉书意醉，雾重漫漫文心色。""黄昏晖、余暇正当空，人生涉。""白发倔、越老越精神，回光泽。"

我们祝愿梦生先生在诗词创作里"百尺竿头更上一层楼"。

2021年7月于武汉（载《香山》2021年第六期）

雨，灵动飘逸的雨

——梦生的诗作《雨》读后感

刘邦民

雨

由天归，汇成云彩飞。
好似长了翅膀的水，
时而静静挂在蓝天，
时而慢慢悠闲。

如果大聚会，
就要闹翻天，
胜过注入生命的脸，
说变就变。

高兴了，闪闪电。
发脾气，吼几声雷。
伤心时，
就流泪。

看大地对苍天的表现。
满意时，风调雨顺。

不乐时，不干既涝。

愤怒时，大洪大灾。

雨，恰似生命的水。

人类不可缺之泉，

大自然流动的资源，

滋润青山绿水的心肺。

  很喜欢这首现代诗《雨》，这夏天的雨，多愁善感的雨，俏皮诙谐的雨，这充满灵性的雨！

  充满灵性的雨，是这样悠悠地展开——

  "由天归，汇成云彩飞。好似长了翅膀的水，时而静静挂在蓝天，时而慢慢悠闲。"

  诗的开始，叙述了雨水的生成，慢慢会聚的云儿，是那样的悠闲、从容，简直就是一幅岁月静好的图画。

  "如果大聚会，就要闹翻天，胜过注入生命的脸，说变就变。"如果彩云变乌云，且堆积，那就像小孩子的脸，一个不注意，他就"说变就变"。

  "高兴了，闪闪电。发脾气，吼几声雷。伤心时，就流泪。"

  喜怒哀乐，随心所欲，一切都看"心情"了。

  "看大地对苍天的表现。满意时，风调雨顺。不乐时，不干既涝。愤怒时，大洪大灾。"

  这一节，是一段议论，诗人有感而发"看大地对苍天的表现"。什么表现，就是看人们对自然的表现，是"战天斗地"，还是顺其自然、与大自然和谐一起度过美好时光？诗作者，表达了自己的观点想法：对大自然要有敬畏、感恩之心，要建设好我们美丽的家园，首先就要保护好大自然，要与大自然和谐共生。

"雨，恰似生命的水。人类不可缺之泉，大自然流动的资源，滋润青山绿水的心肺。"

这一节，诗作者借物抒情，写出了对雨水的赞美。

2021年，夏季，仿佛预约好似的，超出往昔水文记载的大雨，在世界各地肆虐，欧洲、美洲、亚洲等部分地区，一时间大雨成灾，给人们的生活、工作、学习带来极大不便，也给人们的物质财产造成极大的损失。司空见惯但又突发其威的雨水，触动了诗人的情感和思索。就是在这样一个背景下，诗作者构思创作了这首《雨》。这首诗，全篇以拟人的手法，塑造了"雨"这个意象。诗人通过对雨这一意象的叙述、描绘、心灵表述、议论和抒情，为我们刻画了大自然中一个客观现象，一个充满灵性的飘逸的雨水，表达了诗人心中的愿景：对大自然要有敬畏、感恩之心。我们要建设保护好我们的家园，要使我们的家园是金山银山，首先就要保护好大自然，利用好大自然给我们的馈赠，比如，雨水，利用得好，它就是"滋润青山绿水的心肺"的"流动的资源"，保护得不周，利用不到位，它就会"说变就变"，令你的家园变成"水乡泽国"，让你"吃"不完"兜着走"。所以，我们要常怀感恩之心，敬畏大自然、保护大自然，要与大自然和谐相处。

全诗构思新颖，想象丰富，语言诙谐有趣，读来赏心悦目！

一首诗，一首好诗，应该是诗人瞬间的感受，恰如其分地舒心地表达出来。诗歌《雨》，诗人表达的就是"观雨"时瞬间的感受，将生活中敏感出的感悟，艺术地表现出来，观之悦目，品赏舒心。

（该文载《中国文艺家》学术特刊卷）

第四辑　诗词评论

性情中人抒真情

——评梦生诗六首

向新民

喜读梦生先生佳作数篇，性情中人跃然纸上。

他的诗词，字里行间展示了生活之情趣，诗意之美感，对祖国大好山河的深深眷恋。他的诗词，读起来，令我怦然心动，忍不住简评几句。

先请读梦生的几首诗歌——

舟游天池

天山峻影荡天池，疑似天仙洗淑姿。

落水银河摇浪浴，沐汤玉宇舞云驰。

悠天圣谷映初日，定海神针惊醒时。

感叹山湖美如画，舟游胜咏画中诗。

梦崔颢

久别昔人梦里醒，欲乘黄鹤寄乡情。

黄楼千载换新貌，故月今生破夜明。

四岸葱葱三镇美，两江静静百湖清。

风光染目知何处？桥上轻车享旅程。

学友情

会友乐心中，举杯思不穷。

清茶品少梦，陈酒饮初衷。

天意春光宠，人情老际浓。

胡须岁染白，拥抱夕阳红。

思乡

秋夜思乡跟月寻，余晖衬托故乡星。

穷搜夜影流光烁，独眺青天藏旧情。

叶落悄悄飞彩舞，曲兴默默奏知音。

山歌何处风相送，伴唱家乡总是春。

秋分悟

秋分醒悟暑寒间，品味风云四季圆。

七十多圈飞转过，方知晚节更开颜。

西江月·避暑望江村

赏月穿云飘彩，听风摇树开怀。望江村客远方来，收获蝉音满寨。

问讯溪歌长凯，为何清籁徘徊？只因避暑太悠哉，白发童心感慨。

新疆天山天池，是传说中王母娘娘的寝宫。瑶池之美，内地人，只能幻想而未亲睹。梦生先生有幸临池泛舟，以诗的语言调动了读者的神经：天池中，峻岭缥缈，恰似仙女淑姿舞，又如银河奉入浪谷，袅袅婷婷玉宇间；旭日临池，定海神针也惊醒。

作者之笔锋，让读者享受了美的大餐，视觉冲击，使得脑中幻影重重，恨不得变成翱翔的雄鹰，亲临天池上。活脱脱给美丽的天池做了一次有声有色的活广告。真不知天池景区开发商给君开了几锭广告费。

佳作末两句，用朴实无华的文字，不加修饰，直呼而出！真乃性情中人也。我揣测，凡有幸亲临其境者，应有同感（仅笔锋各异）。未能亲睹者，怦然心动者众。

真情，在字里行间，无论是《思乡》还是《恋友》，哪怕是《秋分》过后夜长昼短，梦生之笔，把情与景紧相连。

"对月"却忆"故乡星""叶落彩舞"知音曲，"清茶陈酒"会友余情似春光；"秋分醒悟"品味"人间风云"变幻无穷，磨砺人生，晚年高歌，在"山歌"中，捋白须而情浓郁香无愧人世走一回。

故土黄鹤楼，古今吟哦者众，崔颢乃第一人也！梦生先生不愧"梦生"，一曲《梦崔颢》，古今一曲牵：平常词语，在诗中搭配恰到好处，点明了江城之美，突出了三镇之特征，不经意间，末句又把"桥"来宣，顺势扑面一个"享"字，与首句"醒"字遥遥呼应。足见作者良苦用心，遣词排句再三推敲之力。

成功人士皆忙人，偷闲避暑小江村。填词《西江月》，童心尽呈，短短五十字，容月听风，溪（渔）歌唱晚，曲曲润心。融景融情更融心。

梦生先生事业喜人，笔耕不辍。本人有幸拜读佳作，爱不释手。希望梦生有更多更好的佳作面世，给诗词界增添五彩缤纷的花朵，在丰收的季节里，与夕阳共舞。

我的良师益友

——与梦生兄诗词交流有感

余焕志

我和朱梦生是邻居，我们的交往应该是以诗为媒。

我对诗歌的爱好得益于《中国诗词大会》。通过《中国诗词大会》，那些美妙的诗词、金句；那些对古典诗词热爱并娴熟的选手；那气场、那正能量的传递，使我深感震撼，通过观看、学习《中国诗词大会》，我真正体会到了中国传统文化的博大精深和她的魅力。

我又重新捡拾起年少时就对中国古典诗词歌赋的欣赏和热爱，开始有目的地选学起古典诗词和现代诗歌。一次街坊聚会，当得知梦生喜欢写古诗词，我就与他交流。梦生也乐意把他创作的诗词给我学习和欣赏，我觉得他的诗很有新意和水平，应该让我身边喜欢诗词歌赋的朋友一起欣赏，于是就义务地当起了梦生诗词的宣传员。

我有意识地给我身边的诗歌爱好者传阅，当大家欣赏到梦生的一些诗词，不管是古典的，还是现代的，都得到大家的一致好评。特别是我高中时的同学刘邦民，他是个诗歌爱好者，发表过不少诗歌和诗歌评论作品，看了梦生的诗词，他非常兴奋，连夜伏案疾书，写了读梦生诗词作品欣赏的评论：《指间色彩赋青春——朱梦生诗词作品欣赏》并投稿给贵阳日报传媒集团主办的文学刊物《花溪》，得到发表。以后，刘邦民又在各地的文学刊物上、在《今日头条》《搜狐》等平台上，发表了推介梦生诗词作品的评论，受到广大读者的好评。

梦生有件事，让我很是难忘。那是一次他邀我去湖北黄梅望江村度假，去的第二天，他就关心地问我过得怎么样，还习惯吗？我当时就说："都还好，就是睡觉吵人。"在北边房睡，山边蝈蝈叫声吵；在南边房睡，泉水响声吵。梦生笑着把他填的词给我看：

西江月·避暑望江村

赏月穿云飘彩，听风摇树开怀。望江村客远方来，收获蝉音满寨。

问讯溪歌长凯，为何清籁徘徊？只因避暑太悠哉，白发童心感慨。

看了他的诗词，我当时羞愧得满脸通红：同样是听到"蝈蝈叫""泉水响"，我的感受是"觉得吵"；梦生的感受是"赏月穿云飘彩，听风摇树开怀。望江村客远方来，收获蝉音满寨。"这就是差距，于是我也静下心来，以诗人的眼光去欣赏"蝈蝈叫""泉水响"，这些美妙的大自然的天籁之声了。说也奇怪，当心态一转变，以后的睡眠，那些"蝈叫""泉响"再也不是"吵闹"而是"催眠曲"了。

艺术家罗丹说过："美到处都有的。对我们的眼睛，不是缺少美，而是缺少发现。"在这风景如画的仙境中，我竟然发现不了美的存在。惭愧！读了梦生的诗词，让我豁然开朗，美在生活里无处不在，就在于我们有没有一双"发现"的眼睛。

我很庆幸，有这么一位既热爱生活又重情义、还时时处处为人着想、给人帮助散发正能量的诗人朋友，有这样的朋友让我精神得到充实。

跋：梦兄诗韵梦境，乃赤子之心

翻开《梦生诗集》，小弟我眼睛一亮：梦兄之梦，梦笔生花；梦兄之梦，与祖国之梦紧紧相连；梦兄之梦，乃拳拳赤子之心，跃然纸上。

"梦"之成语，太多太多，"梦"与"文学"不可分割。华夏最早的《诗经》由孔夫子亲授，才得以广布天下，扬名四海，传承数千年。《诗经》全书不见一个"梦"字，它却是华夏现实主义的源头。而孔夫子之《论语》其"梦"不少。同时代还有老子西行，庄子之梦……倒是屈夫子《天问》《九歌》《离骚》开创了华夏浪漫主义文学的先河。由此至今，诗词歌赋曲中对"梦"的表述和演绎不胜枚举。

作为企业高管，朱梦生大哥几十年奋斗，成绩斐然。无论走到哪个岗位，他都干得很好。现在，他又笔耕不辍，所创作的诗词，其娴熟的技艺把内心深处的感动化作一首首动人的诗歌。梦生兄用深邃的眼眸，用细腻的情感，用深情的浓墨谱写曲曲心歌。曲曲心词，扩展了词汇的外延，巧妙的搭配，更使读者很客观地进入了诗人描绘的迷人世界。

下面，我结合《梦生诗集》中部分篇章，解读一二，并补充诗词以外的外延内涵。

首篇《梦江湖》：百湖千浪引回黄鹤，舞彩摇波唤醒古龟，无边春色呼应江水。几个动词就把江城之景活脱脱展示眼前。家庭和睦幸福美满，乃人生最大赢家。梦生兄笔下，爱家爱业爱朋友，还有那同学情、同事情、文友情，皆因满腔热血男儿本色。

《蝉》前人写蝉，鸣伤盛者众，朱兄却：蝉吟歌不止，坚持情更浓。《光阴》朱兄叹：人生岁不回，今朝赶紧追。湖北省原诗词学会老会长、黄金辉先生论诗词创作提出了"三不同"即：不同于古人，不同于今人，不同于本人。观朱兄诗词集，倒是证明了黄金辉此言确实是作者们的一个努力目标。

《根》：千根扎地下，万苦不呻吟。用尽全身力，撑开满树芬。爹磨两手茧，娘皱一头纹。领引人生路，艰辛脚印深。这是朱兄观看某个根雕艺术品后，所写的一首五律，我读后，感慨万分。

首联颈联二十字，表面上看是对艺术品的描述，细心的读者，一定会浮现出一位创业者的艰辛历程。如果你是与朱梦生是同时代的人，那么，就更能体会朱兄短短二十字内涵和外延。

我对佳作颔联及尾联的二十字有着无限的遐想。"爹磨两手茧，娘皱一头纹。"颔联十字，写尽爹娘之辛苦：皱纹及老茧，虽说爹娘各不同其实是一样。这种主语谓语宾语分两句，实为互关联的诗词特殊结构，在唐诗宋词中是很常用的手法。

细心的朋友，可以看出作者的文笔功底非一日之功。"领引人生路，艰辛脚印深。"尾联短短十字，却是朱兄对双亲的深深谢意。令人无限遐想。 朱兄出生日，正是新中国诞生之黎明前的黑夜，江城某简陋小屋传来男儿的啼哭声，劳苦之家用"梦生"来呼唤来期盼崭新的生活。不久，春天真的来了，千万劳苦大众张开双臂拥抱鲜艳的朝阳。

——以上，是我读着此首五律时，眼前浮现的画面，不知是画面打动了我还是这四十字的文字撞开了我的心扉。

《闲思》：力搏江湖消耗尽，身拼市场志难酬。（首联）

翻腾往事常来梦，唯有人生不倒流。（尾联）

《悔》偷乐盗明千梦里，求真问理万书中。（颔联）

《迷》痴迷平仄韵佳话，格律点睛文采华。（颔联）

抓拍瞬间云绣阁，顿开灵感笔生花。（尾联）

《第一课》师音句句妙言起，学语纷纷神悟间。（颔联）

智慧人生第一课，启蒙知识刻心田。（尾联）

我读朱兄诗稿，以上数句值得回味。《闲思一》首尾两联，道尽创业者的艰辛。《悔》与《迷》写出了作者在古典格律诗茫茫文海中的甘苦自乐而从必然王国跃上自由王国的苦与乐。

《第一课》作者回忆入（小学）校的场景和近七十年来的感悟，特别是颔联两个联绵词的运用，给本首诗增色不少，犹如点睛之人笔，激发读者的想象力。这样的着笔，在唐诗中不其例，如何运用调度双声叠字是每一位古典诗词爱好者需要思考的，朱兄此作、自觉不自觉地做了个大胆的尝试，给全书加分不少。

《童志趣》：想起小时候，扪心笑白头。开裆敢立事，拐杖却留羞。嫩嫩誓无酒，苍苍志未酬。童年豪迈语，只是趣千秋。

《摇篮曲》：摇摇摇起浪，晃晃晃秋千。笑笑笑新脸，篮篮篮里眠。酸酸酸母背，累累累娘肩。夜夜夜心曲，声声声韵甜。

这两首五律，一个老顽童爷爷的形象尽在文中。而《摇篮曲》整篇每句前三字相叠，别有用心，童趣盎然。

他的守正容新实验诗词，读来也是美篇迭出、诗意浓浓，让

人流连忘返 ……

捧着《梦生诗集》，一切赞美都是多余。

结束此文，掩卷静思。毛泽东的一句句诗词涌上心头：我欲因之梦寥廓，芙蓉国里尽朝晖。

向新民（荸荠）壬寅重阳于黄狮海岸三庸居

后　记

随着一声惊叹号的感叹，终于收住了写字的手，如释重负后的解脱，还是收获另类成就感的因素，古怪笑容与莫名轻松同时而至。看着手机屏幕上整理成册的诗词文稿，就像刚刚走进正在忙碌中的厨房，各种味道立马迎面扑来，无法分清哪种滋味让五官最刺激？哪种滋味叫心中最甜蜜？反正酸甜苦麻辣样样都有，且混合交融，留给读者和自己一起慢慢品味吧。

不管怎么样，毕竟了却了众多亲朋好友的一份心愿，对安慰同窗学友的心理需要有了起码的交代，至于家人和亲戚而言，最少可以从中勾起一些陈年旧事，检验一下血缘关系是否真能心灵相通？还有那些不经意和偶尔看到本诗词的读者，能否引起兴趣耐着性子看下去，不觉得索然无味和纯粹浪费时间就足矣。

当然，无论是诗还是词，须反复看几遍才能深入，考虑到现代文化特点和传媒市场的特色，已尽量采用通俗易懂的字句，有些还跳出格律平仄的约束；有些零星记忆与瞬间灵感相互拼凑嫁接；有些本属白话诗词、容新白话语和评论文等内容也穿插进来，编排时突破了诗词严格分类的格式、时间和经历顺序，意在追求声情并茂的创新和提高阅读的吸引力。

尽管如此，在社会文化感知高度敏锐的今天，探索写作古老格律、讲究抑扬顿挫的诗词和守正容新白话古典诗词，又指望引起社会各阶层人士普遍关注，绝非是件轻而易举的事情，不得不提心吊胆地暴露在大家面前，为丰富多彩的文化大海投入一点个人的心血，哪怕微不足道很快烟消云散，或者石沉大海付诸东流都在所不惜，目的在于珍惜人生每寸光阴和每步脚印的价值。

虽然自己夜以继日地努力追求返璞归真，但由于受到学识范围的局限，难以做到力透纸背和情真意切，必然会有心有余而力不足之缺陷，而且部分素材取自传媒的信息，一些史籍资料虽经多方考证，但未经专家和权威部门的认同，可能存在纰漏和差异，敬请大家指正和谅解。

在写作过程中，得到不少同事、同窗的指点，也收到众多亲朋好友以不同渠道表达的心愿，更多来自身边同人的帮助，尤其是武汉作家协会会员、武汉幽草诗词研究会会长刘邦民先生和图书策划人陈景丽女士。朝夕相处的老伴李素珍几乎渗入每首诗词之中，逐字逐句审阅建言。向新民、余焕志等众多诗友大力支持和亲临指点，为最后定稿费尽心血。在此一并表示感谢和敬意。

梦 生

2023 年 3 月

编 后 记

　　秋天来了，窗前落下第一枚树叶。秋天，是成熟的季节，也是收获的季节。人生的秋季也是最美时节。

　　在这个秋天里，朱梦生先生诗作《梦生诗集》正式付梓，这部汇聚着作者一生心血的大作是他人生之秋的果实，也是他多年来热爱诗词、研究诗词、创作诗词的结晶。全书共分为四个篇章：守正容新论文、守正格律诗词、容新白话诗词、诗词评论，记述了作者的诗词观点和多年来的创作佳品。

　　初识梦生先生，以为"梦生"二字是笔名，随后得知，这是他的真名。本书亦围绕"梦"为主题，记录了一个个关于"梦"的故事，有梦的江湖，梦中的童年，梦中的深秋，梦中的情怀和梦中的希冀，是"天涯追梦人，海角逢新春"，是"惊醒白发乘夕阳，珍惜黄昏从头越"，有梦的人生终是美好的。

　　梦生先生的一生充满着梦幻般的传奇，他早年毕业于上海交通大学，毕业后在大连造船厂等企业工作，从基层做起，做到了公司的董事长。他理工科出身，却酷爱古诗词，丰富的人生阅历为他的诗词创作奠定了基础，于是便有了本书的一篇篇佳作。他的作品得到了业内人士的认可，被诗家写成多篇评论文章刊发于报纸杂志，并加入了湖北省中华诗词学会。这是对他诗词创作水平最大的认可。

　　梦生先生的诗学传承，亦成为良好家风，传给了自己的孙辈。他的孙女朱瑞雨考取了卡耐基梅隆大学卡塔尔分校，并获得了 300 万元全额奖学金，成为家族的骄傲。一颗新星，在他们这个家族冉冉升起。

作为本书的策划人，从提交文稿到正式出版，历时了大半年，在这期间，见证了作者精益求精的态度和对诗词文化孜孜不倦的追求。"点点冬夏风雨事，醉词何夜思成篇"，愿朱梦生先生在未来的岁月中创作出更多更好的作品，以飨读者。

（作者陈景丽，图书策划人，从事出版代理工作，已策划出版图书、杂志 200 余部。）